COLLECTION FOLIO

Scholastique Mukasonga

La vache
du roi Musinga

et autres nouvelles rwandaises

Gallimard

Ces nouvelles sont extraites du recueil
Ce que murmurent les collines (Folio n° 5929).

Rwandaise, Scholastique Mukasonga connaît dès l'enfance la violence et les humiliations des conflits ethniques qui agitent le Rwanda. En 1960, sa famille est déplacée dans une région insalubre du Rwanda, Nyamata, au Bugesera. En 1973, elle est chassée de l'école d'assistante sociale de Butare et doit s'exiler au Burundi. Elle s'établit en France en 1992, où elle réside et travaille toujours, en Basse-Normandie. En 1994, année du génocide des Tutsi, un million de morts en cent jours, elle apprend que tous les membres de sa famille restés au Rwanda ont été massacrés, dont sa mère Stefania… Son premier ouvrage, *Inyenzi ou les Cafards*, a obtenu la reconnaissance de la critique et a touché un large public : en retraçant son histoire, Scholastique Mukasonga livre un témoignage essentiel d'une rescapée sur plus de trente ans de persécutions au Rwanda. Dans son roman suivant, *La femme aux pieds nus*, elle fait revivre sa mère, Stefania : « Lorsque nous étions enfants, au Rwanda, mes sœurs et moi, maman nous répétait souvent : "Quand je mourrai, surtout recouvrez mon corps avec mon pagne, personne ne doit voir le corps d'une mère." Ma mère a été assassinée, comme tous les Tutsi de Nyamata, en avril 1994 ; je n'ai pu recouvrir son corps, ses restes ont disparu. Ce livre est le linceul dont je n'ai pu parer ma mère. C'est aussi le bonheur déchirant de la faire revivre, elle qui, jusqu'au bout traquée, voulut nous sauver en déjouant pour nous la sanglante terreur du quotidien. C'est, au seuil de l'horrible génocide, son histoire, c'est notre histoire. » Ce livre a figuré dans la sélection de printemps du Renaudot 2008 et a remporté le prix Selig-mann 2008 contre le racisme, l'injustice et l'intolérance. Dans son premier recueil de nouvelles, *L'Iguifou*, chaque page ouvre un horizon de couleurs, de fleurs, d'arbres, d'oiseaux, de sensations tactiles ; en somme, un florilège de beauté qui contrebalancerait la cruauté humaine. Ce recueil a été couronné par le prix Renaissance de la nou-velle 2011 et par le prix Paul Bourdarie 2011 décerné par l'Académie des sciences d'outre-mer ; *Notre-Dame du Nil*, son quatrième roman, se situe au début des années 1970 : Scholastique Mukasonga nous plonge dans un lycée de jeunes filles qui s'appelle Notre-Dame du Nil, perché sur la crête Congo-Nil près des sources du grand fleuve égyp-tien. Elles y ont été envoyées pour former l'élite féminine du pays et être éloignées des dangers du monde extérieur. C'est un prélude au génocide rwandais qui se déroule dans le huis clos du lycée, durant l'interminable saison des pluies. Amitiés, désirs, haines, luttes politiques, incitations aux meurtres raciaux, persécutions... le lycée devient un microcosme existentiel fascinant de vérité du Rwanda des années 1970. *Notre-Dame du Nil* a obtenu trois prix : le prix Ahmadou Kourouma, décerné par le Salon international du livre et de la presse de Genève, le prix Océans France Ô, le prix Renaudot 2012 et, dans sa version américaine, *Our Lady of the Nile*, a été finaliste du prix Emerging Voices 2015. Les histoires de son second recueil de nouvelles, *Ce que murmurent les collines*, s'enchâssent avec maestria comme les tesselles d'une mosaïque, évoquant les tourments et les espoirs de tout un peuple. Les mots de Scholastique Muka-songa coulent, cristallins, de mémoire en mémoire, jusqu'à nous montrer, même quand passe le malheur, toute la beauté de la vie : pourquoi Viviane, même nue, porte-t-elle autour de la taille une cordelette où s'accroche un minuscule morceau de bois ?... (« Le bois de la croix ») Le règne d'un roi peut-il nous être conté par l'histoire d'une vache ? (« La vache du roi Musinga ») Et si un fier destin attendait Cyprien le Pygmée, rejeté de presque tous ? (« Un Pygmée à l'école ») Ce recueil a obtenu en 2015 le Grand Prix SGDL de la nouvelle. Pour l'ensemble de son œuvre, Scholastique Mukasonga a reçu le prix de la Fondation du judaïsme français.

Découvrez, lisez ou relisez les livres de Scholastique Mukasonga en Folio :

LA FEMME AUX PIEDS NUS (Folio n° 5382)

NOTRE-DAME DU NIL (Folio n° 5708)

INYENZI OU LES CAFARDS (Folio n° 5709)

CE QUE MURMURENT LES COLLINES (Folio n° 5929)

L'IGUIFOU (Folio n° 5987)

Le bois de la croix

Souviens-toi, la première fois que nous avons fait l'amour et que je me suis trouvée nue devant toi, tu n'as pu t'empêcher de rire en voyant le cordonnet qui entourait mes hanches et le petit bout de bois qui y pendait.

« Viviane, dis-moi, qu'est-ce que c'est que ce gri-gri ? Toi, l'étudiante, la sociologue, tu crois aux amulettes comme les vieilles sorcières de ton village en Afrique ! »

J'ai eu l'impression que, pour la première fois, tu te rendais compte que la fille avec laquelle tu allais faire l'amour était noire et que tu retrouvais soudain grâce à cette pendeloque qui oscillait contre mon ventre la condescendance amusée avec laquelle les Européens de bonne volonté traitent les Africains.

Je ne t'ai pas répondu et tu as insisté :

« Explique-moi, qu'est-ce que c'est que ce

machin ? C'est pour te protéger ? Tu crois que ça va remplacer la pilule ? »

Je t'ai embrassé sur la bouche pour te faire taire et nous avons fait l'amour. Notre liaison a duré quelques semaines, quelques mois peut-être, nous nous sommes séparés, je ne sais plus où tu es, je n'attends pas de tes nouvelles mais c'est quand même un peu pour toi que je veux écrire l'histoire de ce que tu as appelé, en te moquant, mon gri-gri, une histoire que tu ne liras sans doute pas.

*

« Écoute, Viviane, ma fille, écoute bien mon conseil, me répétait papa, si tu veux être reçue à l'examen national, et je compte bien, ainsi que toute la famille, que tu le seras, bien sûr, il faut avoir de bonnes notes en français, en arithmétique, en géographie, en tout ce qu'on apprend à l'école, même en gymnastique et, si tu veux, même en dessin, mais, pour parler de choses sérieuses, le plus important, là où tu dois être la meilleure, meilleure que toutes les autres, c'est en catéchisme. Tu es tutsi, tu n'as pas beaucoup de chances d'avoir l'examen et d'aller à l'école secondaire, mais si tu sais bien ton catéchisme, si tu le sais par cœur, il y aura peut-être un père qui dira : "Cette fille-là, laissez-la passer, elle est pour nous, on l'enverra au noviciat des Benebikira", ou même ils décideront que tu peux faire de grandes études car il leur faut de bonnes catholiques et même un peu de Tutsi pour que les chrétiens d'Amérique leur donnent leur argent. Regarde Anselme, le fils du voisin, il est au petit séminaire, quand il était encore là et que sa mère avait préparé une cruche de bière que je partageais avec Butoyi, j'entendais Anselme qui récitait à haute voix son catéchisme en faisant le tour de la cour et son père se réjouissait : "Tu vois Anselme, il fait tout ce qu'il faut pour plaire au père Damiano, comme ça, il aura son examen national." Et c'est bien ce qui est arrivé. »

Le catéchisme, on pouvait dire que ça commençait dès que nous entrions en classe. Après la prière, le maître disait : « Surtout pas de bavardages, je ne veux pas de bavardages, ma baguette ne les supporte pas, si elle en entend, elle se fâche, et si vous croyez en profiter quand je tourne le dos pour écrire au tableau, alors, c'est Dieu qui vous surveille. Dieu est comme moi, il ne supporte pas les bavardages, c'est un péché, les bavards iront en enfer ! Regardez l'œil de Dieu que j'ai accroché au-dessus du tableau, c'est lui qui vous surveille. »

Mais le vrai catéchisme, ce n'était pas le maître qui nous l'enseignait. Le vrai catéchisme, c'était pendant les après-midi où il n'y avait pas classe. On allait dans une sorte de grand hangar collé à l'église de la mission. Pas tous à la fois. Les uns allaient écouter la leçon de catéchisme dans le grand hangar, les autres allaient à l'église pour la confession. Quand la leçon de catéchisme était finie, on allait à l'église pour se confesser et ceux qui s'étaient confessés entraient dans le hangar pour le catéchisme.

Esteria donnait la leçon de catéchisme. C'était une vieille fille qui ne s'était jamais mariée, elle n'avait pas d'enfants, elle aurait dû être une sœur mais ce n'était pas une sœur, on n'a jamais su pourquoi. Elle voulait qu'on l'appelle comme une monitrice : « Mademoiselle », mais on l'appelait toujours Esteria. Les leçons, elles, étaient en kinyarwanda. Ce qui nous étonnait aussi chez elle, du moins les filles, c'était sa jupe plissée, grise, toujours la même. On était fascinées par les plis qui s'ouvraient et se refermaient comme l'accordéon de Gaspard, le protestant qui accompagnait les chansons des militants du parti le jour de la fête nationale.

La leçon de catéchisme d'Esteria consistait à nous montrer de grandes images qu'elle accrochait au mur en appelant à son aide les plus grands des garçons. Esteria expliquait du bout de sa longue baguette flexible la signification de la scène et dévoilait l'identité des personnages représentés. Ces images, c'étaient à peu près les seules que nous pouvions voir à Gashora et elles occupaient longtemps nos imaginations et nos rêves.

Il y avait d'abord Adam et sa femme Eva debout au pied d'un petit arbre. Ils étaient presque tout nus ; leurs cheveux, surtout ceux d'Eva, et des guirlandes de feuilles cachaient ce que l'on ne doit pas montrer. Eva donnait à son mari une mangue comme il en pousse en Europe. Esteria l'appelait en français « une pomme, vous entendez, une pomme ! ». La pomme, on ne devait pas en manger : Dieu l'avait interdit. Ça, on comprenait : nos parents, autrefois, ne mangeaient pas d'œufs, pas de poulets, pas de moutons, pour eux aussi, c'était interdit. Esteria, qui était bien renseignée, nous montrait, caché dans le feuillage de l'arbre, le serpent qui avait sifflé à Eva de manger la mangue et d'en faire goûter à son mari. C'était de la gourmandise. Chez les Rwandais, il n'y a pas de plus grande honte et nous étions tous d'accord pour dire que manger la mangue qu'on ne devait pas manger, c'était certainement un gros péché.

Le carton suivant était plus difficile à comprendre. Il représentait une grande pirogue avec, au-dessus, une maison comme les Blancs. Un vieillard barbu – presque tous les hommes des images d'Esteria étaient barbus comme les missionnaires – faisait monter dans la grande pirogue toute une file d'animaux : un éléphant, une girafe, un lion, un zèbre, une hyène, un hippopotame, un porc-épic... Esteria nous expliquait que le dieu des Blancs était en colère contre les hommes qui avaient commis trop de péchés. Il allait les noyer tous en envoyant une saison des pluies qui n'en finirait plus. Quelques garçons hardis demandaient si, au lieu de sauver des animaux dangereux comme le buffle, le léopard ou les serpents, Mungu n'aurait pas pu épargner quelques humains. Esteria était catégorique : tous les hommes étaient méchants, il n'y avait que Noé et sa famille qui étaient bons. Nous approuvions le jugement sans appel d'Esteria ne voulant pas les contrarier, elle et sa baguette qui passaient déjà à l'image suivante.

Celle-ci montrait un homme, encore plus barbu que les autres, qui descendait d'une montagne qui crachait le feu comme le volcan Nyiragongo. Il semblait furieux. Il avait sur son front deux grosses bosses et brandissait au-dessus de sa tête deux espèces d'ardoises ou de pancartes où étaient inscrits des numéros. Esteria nous expliquait que c'était Moïse qui avait reçu l'ardoise des dix commandements au sommet de la montagne en feu mais que, pendant ce temps-là, sa tribu s'était mise à adorer une vache en or qu'on apercevait toute petite au pied de la montagne, derrière les plis du grand manteau de Moïse. L'histoire de la vache en or nous laissait perplexes et personne ne posait de questions.

L'heure avançait, les images succédaient aux images à un rythme de plus en plus rapide, on ne s'attardait ni sur le géant Goliath abattu par le caillou de David au désespoir des garçons, ni hélas ! sur les richesses du roi Salomon, on passait vite sur la vie de Jésus, on y reviendrait une autre fois, car Esteria voulait s'arrêter sur la dernière image, celle qui devait marquer de terreur nos esprits enfantins et qui effectivement me poursuivait dans mes cauchemars.

« C'est l'enfer ! C'est l'enfer ! Ça brûle ! » s'exaltait Esteria, en montrant les grandes flammes d'un rouge intense au milieu desquelles rôtissaient, sans jamais se consumer, de petits personnages identiquement nus, que la catéchiste désignait de sa baguette avec un contentement non dissimulé : « Celui-là, c'est le gourmand, là c'est le voleur, à côté, c'est le menteur, et regardez, vous le reconnaissez, l'orgueilleux qui se vantait de son grand troupeau de vaches et puis celui-là, ou plutôt celle-là, car c'est certainement une femme, c'est l'impure, l'adultère, une femme libre comme il y en a

à Kigali qui vont avec tous les hommes. » Au-
dessus du foyer voletaient des diables très noirs,
plus noirs que nous, avec des queues de singe,
des ailes épineuses comme celles des chauves-
souris, des yeux ardents comme, la nuit, les yeux
du léopard. Avec des lances à trois pointes, ils
attisaient le feu et poussaient les nouveaux arri-
vants au milieu des flammes comme des mauvaises herbes. « Ah, disait Esteria, mes pauvres
enfants, regardez ce qui va vous arriver si vous
commettez des péchés mais surtout si vous ne
les avouez pas au bon père quand vous irez à la
confession, malheur ! malheur sur vous si vous
n'avouez pas tous vos péchés, si vous en cachez
un seul, et même si vous en oubliez un seul !
Cela arrive de commettre des péchés, tous les
hommes sont pécheurs, surtout les femmes ! Le
principal, c'est d'aller les dire au confesseur :
ceux qui les cachent, ceux qui les oublient,
regardez bien ce qui leur arrive, c'est l'enfer !
c'est l'enfer ! Ils brûlent pour toujours, c'est
l'enfer ! » Des ruisseaux de sueur coulaient sur
le visage d'Esteria, suivaient les vallées de ses
rides, finissaient par s'égoutter de la peau gre-
nue de son menton comme si l'un des diables
de l'image venait de s'incarner en elle.

Nous sortions tout tremblants de la leçon de
catéchisme et je tremblais plus encore quand
venait le jour de la confession. Toute la nuit

qui la précédait, j'étais à la recherche de mes péchés. Je n'en trouvais jamais assez et, si j'en récoltais si peu, c'est sans doute que j'en oubliais et que le diable les effaçait de ma mémoire pour me précipiter en enfer. Je récapitulais les péchés qu'Esteria nous faisait réciter en chœur : la gourmandise, la paresse, l'envie, la colère, l'orgueil, l'avarice, l'impureté. C'étaient les plus gros péchés, insistait-elle, les KAPITOS, comme elle l'écrivait au tableau, ceux qui nous menaient tout droit dans les flammes de l'enfer.

Pour la gourmandise, c'était difficile, il y avait si peu à manger à la maison, il n'y avait rien à avouer ! Et l'envie ? Jamais il ne me serait venu à l'idée de jalouser mes petites sœurs tant les portions de haricots ou de patates douces que nous attribuait maman étaient égales. Pourtant il fallait me confesser, il me fallait donc des péchés. Aussi en étais-je réduite à être gourmande en imagination : oui, mon père, j'aurais tant voulu dévorer à moi toute seule des platées de bananes nageant dans leur sauce succulente ; pire encore, j'avais désiré manger en cachette, pendant la nuit à l'insu de mes sœurs, les petites bananes toutes sucrées que maman réservait pour vendre au marché (et, pour aggraver mon cas, j'étais prête à accuser les singes de leur disparition) ; et, dans la boutique de mama Twaha, j'avais trop longtemps contemplé les bonbons de toutes les couleurs enfermés dans un grand bocal de verre, et ça, c'était quasiment du vol, surtout quand, dans mon rêve, j'allais jusqu'à briser le bocal pour m'emparer des bonbons inaccessibles et m'en remplissais la bouche au risque de m'étouffer. Voilà qui serait un beau péché à avouer au père. J'étais sauvée.

Et la paresse ! Je n'avais guère de temps à lui consacrer. La plus grande partie de la journée était occupée par l'école mais le travail n'était pas fini quand je rentrais à la maison : aller chercher de l'eau, aider maman au champ, la remplacer auprès des petites sœurs, apprendre mes leçons, etc. Sans doute, je traînais un peu avec les copines en allant chercher de l'eau pour retarder le moment où je devrais prendre ma houe aux côtés de maman, mais cela pourrait-il vraiment m'être compté comme péché ?

Pour en revenir à l'envie, bien sûr, j'admirais comme toutes les autres filles la jupe plissée d'Esteria et le beau pagne que portait Mathilda à la grand-messe du dimanche, mais c'était surtout le visage de Consolata que je jalousais et sa peau si claire que j'aurais voulu échanger contre la mienne. Mais je savais bien que, si j'avouais cela au père, il se mettrait à rire et me dirait en passant ses mains sur mes joues : « Mais non, mais non, ma mignonne, tu n'es pas si noire que ça. »

La colère, ce n'était pas pour les filles, non

plus d'ailleurs que pour un Rwandais qui se respecte et tient avant tout à sa dignité. Il n'y avait que des petits bergers pour échanger des injures à distance (et encore, c'était un jeu) et quelques rares voyous pour se battre jusqu'à se rouler dans la poussière. De la colère, je pouvais bien en éprouver un instant contre les mauvaises copines, contre ma grande sœur qui me prenait trop souvent pour sa boyesse, contre mes frères, grands et petits, auxquels maman donnait toujours les meilleures parts et qui se faisaient servir, mais il n'était pas question d'en montrer le moindre signe, la colère au Rwanda, si vous la laissez paraître, elle vous rend ridicule, vous ne pourrez plus rien contre vos ennemis puisqu'ils vous ont découvert. La colère c'est la faiblesse.

L'impureté ? je ne savais pas trop de quoi il s'agissait, je devinais bien un peu mais je ne voulais pas en savoir plus, je tenais encore à rester une petite fille. Les grandes, je savais bien qu'elles étaient déjà au courant : elles comparaient leurs toutes nouvelles poitrines et la proéminence arrogante de leurs derrières. Elles chuchotaient entre elles à propos de secrets que les petites ne devaient pas entendre. Maman maudissait régulièrement une lointaine cousine qui faisait, à Kigali, avec les Blancs, des choses qu'elle ne pouvait pas dire et qui jetaient la honte sur la famille. Je n'osais rien inventer sur ce genre de péché mais lorsque je racontais en confession qu'avec les autres petites filles, pendant les grandes vacances, après nous être baignées dans la rivière, nous allions nous sécher toutes nues dans les papyrus, le père Damiano devenait soudain attentif et me demandait si Josefa, qu'il avait invitée un jour à passer dans son bureau pour lui donner, on ne savait pourquoi, une médaille, venait, elle aussi, avec nous.

Je ne sortais jamais apaisée du confessionnal. Sur la route du retour à la maison, de lancinants scrupules m'assaillaient. Un péché énorme me revenait à l'esprit et il me semblait que c'était le péché le plus énorme, le plus horrible des péchés. Comment avais-je pu l'oublier ? J'étais bonne pour l'enfer. Je faisais aussitôt demi-tour, espérant que le père Damiano serait toujours au confessionnal. Je m'asseyais alors sur le banc de ceux qui attendaient encore le sacrement de pénitence. Enfin mon tour venait. Je m'agenouillais aux pieds du père Damiano qui, fatigué d'avoir donné tant d'absolutions, somnolait sur sa chaise. Ma voix le faisait sursauter, il me regardait surpris et, me semblait-il, choqué par ma présence : « Viviane, qu'est-ce que tu fais là ? Je t'ai déjà confessée, tu as reçu l'absolution, tu n'as plus rien à faire ici. » Je le suppliais de me donner une nouvelle absolution car j'avais oublié de lui confier un péché, le plus grave de tous mes péchés. Le père Damiano me regardait l'air attendri : « Bon, va pour cette fois, mais n'y reviens plus, j'ai déjà effacé tous tes péchés et je veux bien pour te rassurer les effacer encore et tous, tiens, écoute : *"Ego te absolvo"*. Cours vite, rentre chez toi. » Je reprenais le chemin de la maison et des doutes me venaient sur la sincérité et par conséquent l'efficacité de l'absolution que m'avait donnée le père Damiano, seulement par pitié ou par lassitude.

Quand j'annonçais à maman que le lendemain serait jour de confession, elle me prodiguait tout au long de la veillée recommandations et mises en garde. « Surtout, me disait-elle, quand tu rentres dans la boîte à péchés, ne tire pas le rideau, assure-toi qu'il y a des témoins, que toutes celles qui attendent sur le banc puissent te voir et, quand tu es à genoux devant le père, ne va pas frôler sa soutane et ne t'attarde pas auprès de lui quand il te dit d'aller en paix. »

Pour pénitence, le père Damiano donnait le plus souvent à réciter deux Notre Père et trois Je vous salue Marie, mais, parfois, il ajoutait : « Toi et tes petites amies, vous irez faire votre pénitence toutes ensemble, à Kivumu, au pied de la grande croix. Cette prière, ce sera pour remercier ceux qui sont venus de très loin, qui ont quitté leur famille, leur patrie, pour arracher le Rwanda aux griffes du diable. Ils sont maintenant au ciel, ces premiers Pères qui ont dressé la croix, mais, de là-haut, ils veillent sur les enfants et les petits-enfants de ceux qu'ils ont baptisés. Priez-les pour qu'ils continuent à employer leurs mérites, qui sont immenses aux yeux de Dieu, à écarter de vous les démons qui s'acharnent à votre perdition. »

Ce n'était pas sans appréhension que les petites pénitentes gravissaient cette haute colline qui faisait face à celle où s'élevaient l'église et les bâtiments de la mission. Une grande croix se dressait à son sommet. Les habitants de Gashora évitaient autant que possible de s'aventurer sur la colline de Kivumu. Personne n'y cultivait, personne n'y menait paître ses chèvres et encore moins ses vaches. Seuls les Pères prenaient soin de la faire débroussailler et d'entretenir le sentier qui menait au pied de la croix. Ils avaient d'ailleurs du mal à recruter des volontaires pour ce travail malgré le salaire exceptionnel et les médailles qu'ils promettaient.

Deux fois par an, le vendredi saint et le jour anniversaire de la fondation de la mission, une procession montait jusqu'à la croix, mais, à part les enfants des écoles qui étaient bien obligés d'y participer, peu de monde la suivait. Au jour anniversaire, après les prières d'action de grâce, le père Damiano faisait asseoir les enfants devant la croix et, lui-même, debout, à bon pied, nous racontait l'histoire de la grande croix.

« Écoutez bien, mes enfants, et retenez la leçon. Cette grande croix qui maintenant protège Gashora, les premiers Pères l'ont arrachée à l'arbre du diable. Sur cette colline, quand vos grands-parents étaient encore païens, il y avait une forêt épaisse. Elle appartenait à un sorcier qui se faisait passer pour un roi. Le sorcier était un fils du diable : il adorait un grand serpent. Ce serpent s'enroulait autour des branches d'un arbre géant qui dominait tous les autres arbres. Le sorcier terrorisait vos pauvres grands-parents et les obligeait à lui donner du lait, de l'hydromel, des haricots, des colocases, du sorgho, des chèvres, des vaches... C'était, prétendait-il, pour donner en sacrifice à l'arbre géant et à son serpent maudit mais il n'était qu'un mwami hutu glouton qui dévorait le pays. Les Pères étaient bien décidés à chasser le diable de sa colline. Ces arbres maudits deviendraient des arbres bénis si on utilisait leur bois pour la charpente de l'église qu'on était en train de construire. Un jour, ils montèrent jusqu'à la forêt du diable et y pénétrèrent en récitant les prières d'exorcisme qui chassent les démons et aspergèrent l'arbre géant d'eau bénite. Le serpent, s'il existait, s'était déjà enfui mais le sorcier et son clan essayèrent de résister avec des lances et des machettes. Les catéchistes qui venaient d'Ouganda, que les Pères appelaient leurs enfants parce qu'ils les avaient sauvés de l'esclavage, avaient des fusils et, au premier coup de feu tiré en l'air, toute la famille du sorcier a détalé sans demander son reste. Les catéchistes ont abattu tous les arbres, ils en ont fait des planches et des poutres pour l'église et la mission. L'arbre géant a, dit-on, poussé un horrible gémissement quand on lui a donné le dernier coup de hache et c'est dans le bois de l'arbre géant qu'on a taillé la grande croix au pied de laquelle vous m'écoutez. L'arbre du diable est devenu l'arbre de Jésus, l'arbre du vrai Dieu qui règne à présent sur vos âmes et sur toutes celles de Gashora. »

Le jour de la procession, maman était rongée d'inquiétude. Elle attachait sous ma robe, à hauteur de mon ventre, une cordelette de perles bleues et rouges, de brindilles de bois, de dents de je ne sais quel animal. Au retour, elle me déshabillait et m'aspergeait tout le corps à l'aide d'un goupillon d'herbes fines qu'elle trempait dans une calebasse remplie d'une décoction de plantes dont elle connaissait les vertus lustrales.

J'étais inquiète et surtout honteuse de porter sous mon uniforme d'écolière tout un attirail de sorcière. Je protestais auprès de maman :

« Si une de mes copines aperçoit ce que tu

m'as mis sous ma robe, elle ira le dire aux autres
et toutes se moqueront de moi en criant : "Hou !
la païenne ! la païenne !" J'en connais plus
d'une qui ne manqueront pas d'aller le dire au
père Damiano. Le père Damiano me chassera
du catéchisme et je serai renvoyée de l'école et
j'irai brûler en enfer.

— J'espère bien que personne n'ira regarder
ce qu'il y a sous ta robe, répondait maman, mais
je sais qu'il faut prendre garde quand on monte
à Kivumu et je sais aussi ce qu'il faut faire, surtout quand on s'approche de la croix qu'on a
taillée dans l'arbre d'Imana.

— Le père Damiano nous a raconté l'histoire
de l'arbre géant. Ce sont les premiers missionnaires qui l'ont abattu, ils disaient que c'était
l'arbre du diable et maintenant, la croix qu'ils
ont taillée dans son bois, c'est l'arbre de Jésus.

— Les Pères racontent leurs histoires. Moi, je
vais te raconter l'histoire de l'arbre géant et de sa
forêt comme ma mère me l'a racontée. Autrefois,
avant les Blancs, Gashora et toutes les collines
environnantes étaient gouvernées par un grand
Hutu. C'était un devin très puissant, un igihinza,
on en avait peur et tout le monde le respectait.
Les Hutu de son lignage et ceux des autres clans
le respectaient. Les Tutsi le respectaient aussi.
C'était comme un mwami. Le mwami du Rwanda
ne le considérait pas comme un rebelle, il ne lui

faisait pas la guerre. Au contraire, des envoyés
de la Cour venaient lui demander les talismans
dont il avait le secret, qu'il taillait dans le bois
de l'arbre géant. Les simples gens venaient lui
demander des médicaments qu'il confectionnait
avec les feuilles des arbres de la forêt qui étaient
comme les enfants de l'arbre géant, mais pour
le mwami du Rwanda, pour sauver le Rwanda,
le mwami de Kivumu taillait ses talismans dans
le bois de l'arbre géant. On dit que, lorsqu'il
fallait couper un petit bout d'une branche de
l'arbre géant pour faire le talisman, on le lui
demandait avec beaucoup de cérémonies et, si
l'arbre acceptait, il mugissait et, lorsqu'on cou-
pait la petite branche, il en coulait du lait. Car
l'arbre géant était un arbre royal. Il était rempli
de la puissance qui habitait aussi le roi et qu'on
appelle Imana y'iRwanda. Et cela parce que c'est
un roi qui l'avait planté. C'est Ruganzu Ndori
qui a planté l'arbre géant, là, à Kivumu. Tu
connais l'histoire de Ruganzu ? Non ! Qu'est-ce
qu'on vous apprend à l'école ? Tu ne connais
pas l'histoire de Ruganzu ? Alors écoute d'abord
l'histoire de Ruganzu.

« Ruganzu Ndori était le fils du roi Ndahiro
Cyamatare, c'était il y a très longtemps. Les
devins avaient prédit à Ndahiro que les rebelles
le tueraient mais ils avaient ajouté : "Envoie
un de tes jeunes taureaux paître au Karagwe, il

reviendra quand tu ne seras plus là." Tu as compris, le jeune taureau, c'était son fils Ruganzu.
La sœur de Ndahiro avait épousé le roi du
Karagwe. Ruganzu est donc parti chez sa tante
paternelle. Il est parti avec son chien, son singe
et son mutwa. Il est resté chez sa tante Nyabu-
nyanya au Karagwe. Quand Ndahiro a été tué
– le rebelle l'a étranglé –, la pluie a cessé de tom-
ber, les vaches de vêler, les femmes d'enfanter.
On est allé chercher Ruganzu. Il est revenu au
Rwanda. Il a retrouvé le Tambour de son père,
Karinga, le Tambour du Rwanda, il a tendu
une nouvelle peau sur le Tambour, la peau de
la vache Muringa qui n'avait eu encore qu'un
seul veau, il a aiguisé son arme sur le rocher de
Mata qui étend ses racines sous toute la montagne à Marangara. Alors Ruganzu Ndori vainc
tous les rebelles, il razzie toutes leurs vaches,
il capture leurs tambours. Il triomphe dans le
pays des braves. La pluie tombe en abondance,
les vaches ont des veaux, les femmes enfantent
des guerriers. Les tambours battent. Le mwami
règne sur son pays.

« Quand Ruganzu arriva chez nous, à Gashora
(il n'avait pas encore retrouvé Karinga), personne ne voulut l'accueillir, ni les Hutu ni les
Tutsi. On ignorait que c'était le mwami. On
croyait que lui et sa bande, c'étaient des bri-
gands, des voleurs de vaches. Personne ne savait

d'où ils venaient ni ce qu'ils venaient faire. Ils avaient l'air farouche et le simple regard de leur chef – c'était Ruganzu – vous remplissait de terreur et vous renversait à terre. Il n'y eut qu'une famille hutu, celle de Ndagano, pour lui offrir l'hospitalité. Pour le remercier, le matin de son départ, Ruganzu décocha une flèche qui alla se ficher au sommet de Kivumu, qui ne s'appelait pas encore Kivumu. Ruganzu lui dit : "Cette colline où ma flèche s'est plantée et toutes les collines que, de là-haut, tu pourras apercevoir, je te les donne, je suis Ruganzu Ndori, le mwami du Rwanda, elles sont à toi : tu les gouverneras. Mais à une seule exception, la colline où j'ai planté ma flèche, que personne n'y bâtisse son enclos. Ma flèche y a pris racine, elle deviendra un grand arbre rempli de la puissance des rois, ce sera Kivumu, le grand arbre, umuvumu, qui engendrera la forêt. Maudit soit celui qui y portera la hache ! Désormais je t'en fais le gardien. Quand le mwami du Rwanda te le demandera, alors tu couperas une petite branche de l'arbre géant, tu en feras un talisman qui sauvera le Rwanda. À Kivumu, mais seulement à Kivumu, toi aussi, désormais, tu es un mwami et tes fils le seront après toi." Les devins qui accompagnaient Ruganzu révélèrent à Ndagano quelques-uns de leurs secrets pour apaiser les esprits des morts et guérir certaines maladies. Et, jusqu'à ce que les Blancs abattent l'arbre géant et sa forêt, on venait demander de toute la région des médicaments aux descendants de Ndagano.

« C'est le roi Musinga, ou plutôt ses deux oncles, car Musinga était trop jeune, qui concéda, chez nous, à Gashora, un terrain pour les Pères. Ils étaient trois. Les chefs de la Cour qu'on leur avait donnés pour guides leur désignèrent la colline où se trouve aujourd'hui la mission, face à celle de Kivumu. Ma mère croyait qu'on espérait à la Cour que Ngoga, le roi de Kivumu, le descendant de Ndagano, leur jetterait des maléfices assez puissants pour les chasser du pays. Les Pères n'étaient pas seuls : ils avaient avec eux une troupe de jeunes gens, des Noirs. On a su après qu'ils venaient du Buganda ou d'un pays que ma mère appelait Mukoto, je crois que c'est maintenant la Tanzanie. Ils ne parlaient pas notre langue, sauf un qui connaissait quelques mots mais qu'il prononçait si mal que celui auquel il s'adressait ne pouvait s'empêcher de rire. Quand il commença son catéchisme, car les boys des Pères, c'étaient des catéchistes, beaucoup sont venus l'écouter pour se moquer de sa façon de parler. Quand les Pères ont appris eux aussi un peu de kinyarwanda, ils ne le prononçaient pas mieux, mais on s'y était habitué : c'était le kinyarwanda des Pères.

« Au début, disait ma mère, les Pères et leurs

boys ont habité sous des maisons en pagne, mais, bien vite, ils ont construit des maisons en terre comme beaucoup en construisent de nos jours. Les boys des Pères – j'ai déjà dit que c'étaient des catéchistes – parcouraient les collines et distribuaient des petits paquets de sel, des perles de verre, des bleues, des blanches, des rouges, des morceaux de tissu pour attirer les habitants vers les Pères. Mais on les détestait, on en avait peur, ils avaient des fusils, ils réclamaient pour eux des chèvres et des vaches, ils voulaient aussi des jeunes filles.

« D'abord, ce sont les jeunes gens, les enfants des mauvaises familles, qui sont allés chez les Pères, puis d'autres sont venus aussi, ils ont aidé à cuire les briques pour construire des maisons plus grandes et pour une plus grande que toutes les autres qui serait l'église. Ils travaillaient pour les Pères et ils écoutaient le catéchisme. Mais ma famille n'y allait pas, les Tutsi n'y allaient pas. Ceux qui y allaient y allaient pour les cadeaux car ils ne comprenaient rien à ce que disaient les boys, pas plus qu'à ce que disaient les Pères qui parlaient plus fort encore et qui faisaient peur.

« Certains prétendaient – et c'étaient certainement les gens de Kivumu qui faisaient courir le bruit – que les Blancs étaient venus pour s'emparer des esprits de nos morts et les rendre malveillants, plus malveillants qu'ils ne le sont déjà, à l'égard des pauvres Rwandais vivants. On avait remarqué en effet qu'ils étaient toujours à la recherche des mourants. Quand un de leurs boys signalait que, sur une colline, quelqu'un allait mourir, qu'un bébé qui venait de naître ne survivrait pas, un père accourait aussitôt et lui versait de l'eau sur la tête, et le malade, le vieillard ou le bébé mouraient peu après. Comment pouvions-nous savoir, disait ma mère, que c'était ça le baptême qui faisait monter directement au ciel ? Quand on voyait un père s'approcher d'un enclos, on disait : "Quelqu'un va mourir", et on s'enfuyait. On croyait que l'odeur des Blancs, c'était l'odeur de la mort. Les Pères soignaient aussi les blessures en barbouillant la plaie d'un médicament très rouge, comme du sang : ma mère disait que tout le monde croyait que c'était du sang de poulet ou de chèvre peut-être. Mais la plupart des habitants de Gashora restaient fidèles à Ngoga : pour les maladies des Rwandais, ils préféraient les feuilles et les herbes de Kivumu.

« Cependant, les Pères ont peu à peu réuni assez de monde autour d'eux : ils sont devenus comme des chefs, ils ont bientôt possédé, comme eux, un troupeau de vaches. Les ennemis de Ngoga – le mwami de Kivumu n'en manquait pas – sont venus travailler pour eux comme si les Pères étaient leurs shebuja, leurs patrons. Ils ont porté des briques du matin au soir pour avoir des étoffes. Les plus assidus ont reçu des médailles qui, se vantaient-ils, étaient plus puissantes que les talismans de bois de Ngoga. Quelques-uns ont même été baptisés : ils n'en sont pas morts et les Pères leur ont donné une vache.

« Ngoga avait envoyé un des siens pour se mêler à ceux qui suivaient les Pères et étaient devenus comme leurs clients. Il était chargé de découvrir d'où ces Blancs tiraient leur puissance. "Notre arbre géant, disait Ngoga, notre Kivumu est rempli d'Imana, si nous découvrons l'amulette des étrangers, il n'aura pas de peine à s'en rendre maître ou à l'anéantir et les Blancs, tremblant de peur, s'enfuiront : une fois de plus, nous, les rois de Kivumu, nous aurons sauvé le Rwanda."

« L'espion de Ngoga, qui s'appelait Nyabugigira, était un jeune homme rusé qui ne tarda pas, par son assiduité aux leçons de catéchisme, à inspirer confiance aux Pères. Il réussit même à se faire engager comme boy par un des catéchistes qui lui déléguait parfois la tâche de faire le ménage dans la case des Pères. Nyabugigira observait méticuleusement les faits et gestes des Pères, il examinait, palpait, soupesait tous les objets. Mais, comme les autres habitants de Gashora, il n'avait pas encore bien compris ce que pouvait être un chapelet, une croix, une bible. Quand il fit son rapport à Ngoga, il affirma que les Blancs avaient de nombreuses amulettes, qu'ils en portaient sur eux, autour du cou, comme les femmes des colliers de perles, et qu'il y avait un talisman en bois que certains accrochaient aux colliers et qui pendait sur leur poitrine, et qu'on voyait ce même talisman partout à l'extérieur comme à l'intérieur de leurs cases. C'était sans doute pour les protéger des mauvais sorts qu'on ne manquait pas de leur jeter.

« Mais ce que Nyabugigira n'arrivait pas à décrire, c'étaient les bibles et les missels. Comme tous ceux de Gashora, il n'avait jamais vu de livre. Il dit à Ngoga que cela ressemblait un peu à des morceaux de l'étoffe que l'on fabrique avec l'écorce de ficus, qu'on aurait liés ensemble. Il n'avait jamais rien vu de semblable mais il était certain que c'était cela le talisman qui rendait les Blancs si puissants car ils lui parlaient sans cesse et, pendant la grande cérémonie où l'un des Pères mangeait une sorte de roupie blanche et buvait, il ne savait quoi, dans une calebasse dorée comme un bracelet de cuivre, il s'adressait à un talisman semblable, mais plus grand que les autres, dans un langage que les Pères n'employaient pas habituellement entre eux.

« Ngoga, après avoir écouté Nyabugigira, réfléchit longuement et finit par déclarer : "Nyabugigira, tu n'as rien compris, les Blancs ne parlent pas au talisman, c'est l'Esprit du talisman qui parle en eux, qui leur dit comment agir, qui leur communique sa puissance. Il faut nous emparer de ce talisman et de sa force et, si l'Esprit qui l'habite ne veut pas nous obéir, nous le détruirons. Retourne chez les Blancs, dérobe-leur un de ces talismans, rapporte-le-moi, nous le pendrons à l'une des branches de notre grand arbre : nous verrons bien qui sera le plus fort mais, j'en suis certain, c'est notre Imana qui sera le vainqueur, c'est lui qui sauvera notre Rwanda."

« Nyabugigira alla donc voler la bible d'un des Pères. Ngoga feuilleta le livre, prononça sur chaque page de nombreuses incantations espérant que l'Esprit des Blancs se manifesterait. En vain. Il le pendit alors à l'une des branches du Kivumu mais l'arbre géant lui-même ne put empêcher les Pères de gagner des adeptes de plus en plus nombreux parmi la population de Gashora et des collines environnantes.

« C'est alors que les Pères ont décidé de construire une église plus grande encore, avec un toit de tuiles. Ils avaient besoin de bois pour la charpente. À cette époque, il n'y avait pas beaucoup d'arbres au Rwanda : on ne connaissait pas encore les eucalyptus. Il y avait bien, tout près de la mission, les arbres de la forêt sacrée mais les Pères n'osaient pas s'en prendre à eux. Les descendants de Ndagano et beaucoup de gens de Gashora étaient sans doute prêts à défendre par la force ces arbres intouchables et Musinga ne voulait pas que l'on attaque l'arbre qui était rempli de l'esprit du roi Ruganzu, son ancêtre. Les Pères savaient aussi que le Blanc Kinyoge, qui avait construit à Nyarugenge une ville de Blancs qu'on appelle à présent Kigali et qui commandait aux askaris armés de ces gros fusils qui font tikitiki, était toujours du côté du roi.

« Mais une nuit, un incendie a détruit les maisons des catéchistes et les greniers de la mission. Deux catéchistes ont été tués, ceux justement qu'on accusait d'avoir violé des jeunes filles de chez Ngoga. Les Pères ont déclaré aussitôt que c'étaient les Hutu de Ngoga, le sorcier de Kivumu, qui avaient tué les deux catéchistes auxquels Jésus avait décerné dès qu'ils étaient arrivés au ciel la palme du martyr, qu'il fallait maintenant les prier pour obtenir le pardon de Dieu pour les assassins. Mais les catéchistes ne l'entendaient pas ainsi : ils ont pris leurs fusils et ont couru vers les enclos des gens de Ngoga pour venger leurs frères. Les Pères ne les ont pas empêchés, ils les ont suivis de loin : avec leurs robes, ils ne pouvaient pas courir bien vite. Les catéchistes ont chassé les Hutu du mwami de Kivumu, ils ont brûlé leurs enclos, ils en ont tué plusieurs. Le mwami de Kivumu a pris la fuite.

Alors les catéchistes ont commencé à abattre les arbres de la forêt de Kivumu. Les Pères ont dit que, puisque le diable avait été chassé, il ne restait plus qu'à détruire son bois maudit. Les catéchistes ont travaillé plusieurs semaines, personne n'est venu les aider, pas même les baptisés, mais quand, pour finir, ils ont voulu abattre l'arbre géant, leurs haches se sont brisées contre son tronc et les catéchistes en tremblant ont dit que l'esprit de l'arbre était plus fort qu'eux, qu'ils ne retourneraient plus jamais sur la colline de Kivumu.

« Les Pères ont réfléchi. L'un d'eux a dit qu'il avait avec lui une poudre si puissante qu'elle était capable de faire voler les roches en éclats. Ils en ont mis toute une boîte au pied de l'arbre géant. Quand la poudre a explosé, cela a fait un bruit si épouvantable qu'il a jeté à terre tous les pauvres habitants de Gashora et les a rendus sourds pendant plusieurs jours. On a raconté que l'arbre s'était fendu en deux et que le lait dont il était rempli s'était changé en sang. Je ne sais si les Pères ont tiré beaucoup de poutres et de planches de ce qui restait de l'arbre géant mais ils ont réservé les plus beaux débris pour faire cette grande croix qu'ils ont dressée au sommet de Kivumu pour montrer à tout Gashora que c'étaient eux et leur dieu qui étaient les plus forts. Alors beaucoup se sont fait baptiser mais on savait aussi dans quel bois la croix avait été fabriquée et, si la plupart refusaient d'y aller prier avec les Pères, craignant la vengeance de l'arbre, certains profitaient de la nuit pour en détacher un copeau qu'ils portaient sur eux comme un talisman précieux : si le dieu des Blancs, disaient-ils, ne m'accorde pas ses faveurs, eh bien ce sera Ruganzu. »

Voilà ce que j'ai entendu dire ma mère, voilà ce que je sais.

Le récit de maman m'avait beaucoup troublée et, quand j'allais faire pénitence au pied du calvaire de Kivumu, il me semblait parfois entendre comme un frémissement de feuillage.

Le jour où, sur ma poitrine, maman crut deviner des esquisses de mamelons, elle décida que je ne devais plus aller à confesse : « Il y a des choses qu'une jeune fille ne doit pas dire à un homme, encore moins à un Blanc. » Maman, qui ne craignait pas l'hérésie, m'enjoignit de m'adresser désormais directement et uniquement à Dieu : « Imana peut tout entendre et, lui, il est discret, tu peux lui faire confiance : il ne répétera à personne ce que tu lui auras avoué et, surtout, il n'en profitera pas. Je sais ce que je dis. Quand j'aidais à la cuisine chez les sœurs à Save, il y avait une école à part, on l'appelait le pensionnat des orphelins, on ne les voyait pas beaucoup ces orphelins, on ne devait pas les voir… mais j'allais parfois chez eux aider à faire le ménage, je voyais bien qu'ils n'étaient pas bien noirs les orphelins, mais ce n'étaient pas des albinos, non, il y en avait même qui avaient des cheveux roux. »

Je fus en fin de compte reçue à l'examen national. Mon père attribua ce succès à l'influence du père Damiano : « Tu vois, m'avoua-t-il, c'est pour toi que j'ai suivi toutes les retraites à la mission, que j'ai été assidu à l'assemblée de la paroisse, à l'inama. J'y ai pris souvent la parole. Le père Damiano me considère comme un chrétien modèle, son meilleur paroissien. Alors, ton examen national, il me devait bien ça. » J'ignore si le père Damiano fut pour quelque chose dans ma réussite à cet examen si convoité qui permettait d'accéder au secondaire. Je fus en tout cas inscrite dans le lointain collège de Gatagara pour la rentrée suivante.

Maman était à la fois fière et triste de mon succès. Bien sûr, elle appréciait le défilé de voisines qui venaient féliciter l'« étudiante » et lui faire cadeau d'une petite pièce, voire pour les plus riches ou les plus généreuses d'un billet de dix francs qu'elles défroissaient avec solen-

nité et déposaient sans discrétion dans la van-
nerie disposée pour recevoir les dons. Mais je
remarquais aussi que maman me dévisageait
avec une insistance inquiète comme si elle avait
voulu graver mes traits au plus profond de sa
mémoire. Elle avait scrupuleusement rempli ma
valise de tous les objets insolites qu'énumérait
la liste fournie par le collège qu'avait apportée
comme un important document officiel le plan-
ton de la commune. Elle soupirait en pliant avec
grand soin la robe de l'uniforme que le tailleur
du village avait confectionné, sous ses pressantes
recommandations, à la couleur et aux normes
imposées. En faisant ma valise, elle murmurait
des mots incompréhensibles dont je ne sais s'ils
étaient destinés à conjurer les malheurs qui for-
cément risquaient, loin d'elle, de s'abattre sur
moi ou à se lamenter sur ce bagage qui était le
signe tangible de mon départ prochain.

C'est en écossant les haricots qu'elle m'avoua :
« Viviane, quelque chose me dit que tu iras
plus loin, que, peut-être, je ne te reverrai plus...
plus jamais.

— Pourquoi dis-tu cela ? Je reviendrai toujours à Gashora. Il y a les vacances, les grandes
vacances. Comment pourrais-je vous oublier toi,
papa, mes frères, mes sœurs...

— Je ne sais pas mais j'ai peur de ne plus te

revoir. Je crois que tu t'en iras très loin, un jour, jusqu'au pays des Blancs… »

Elle hésitait à continuer…

« Écoute-moi, ne te moque pas… J'ai fait un rêve. Il faut croire en ce que te disent les rêves. Surtout si c'est le même rêve qui revient chaque nuit. C'est ce qui m'arrive : depuis que je sais que tu vas t'en aller, je fais toujours ce même rêve ; je suis sur la colline de Kivumu et tu es avec moi, mais la croix n'est plus là, à la place il y a l'arbre géant. Il nous attend. Je sais pourquoi. Je sais ce qu'il veut que nous fassions. Cette nuit, toi et moi, nous monterons jusqu'à la croix. Il faudra être aussi silencieuses que le léopard pour ne pas réveiller ton père, tes frères et tes sœurs. Mais dehors personne ne nous verra, c'est une nuit sans lune. Ne t'endors pas, tiens-toi prête. »

Au milieu de la nuit, un faible toussotement me donna le signal du départ. J'ai suivi maman qui se faufilait comme une ombre. Comme elle l'avait dit, il n'y avait pas de lune, mais maman ne tâtonnait pas dans l'obscurité : on aurait dit qu'elle suivait un guide invisible. Pour escalader Kivumu, nous avons évité le sentier entretenu par les Pères, maman traçait sans hésiter notre chemin entre les buissons épineux. Parvenue au pied de la croix, elle a sorti de dessous son pagne un petit pot et une serpette. Avec la serpette, elle a entaillé le bois et en a détaché un mince éclat dont elle a égalisé les bords pour lui donner une forme vaguement oblongue. Puis elle a enduit de beurre puisé dans le petit pot la blessure causée par la serpette.

« Il faut remercier l'umuvumu pour le don qu'il nous a fait. Surtout qu'il n'aille pas se venger pour la petite égratignure que lui a causée ma serpette. Mais je n'ai aucune crainte : il n'a pas oublié pourquoi la flèche de Ruganzu l'a planté là. C'était pour protéger les habitants de Gashora, pour protéger tous les Rwandais, Hutu et Tutsi. Dans la croix des Pères, il y a toujours l'arbre de Ruganzu qui était le grand talisman du Rwanda. Il l'est toujours. Prends ce petit bout de bois, garde-le toujours sur toi, autour de tes hanches, il te protégera, te guidera. Promets-le-moi, porte-le toujours sur toi. Tu vas partir, quelque chose me dit que je ne te reverrai plus. Mais je serai quand même avec toi, le bois de Kivumu veillera sur toi. J'ai moins peur pour toi. »

À la maison, maman perça le bout de bois avec l'aiguille en forme de fléchette qu'on utilise pour tresser les paniers et y passa une ficelle de ficus qu'elle noua autour de ma taille.

Quand j'ai dû prendre le chemin de l'exil, je l'ai toujours porté sur moi comme me l'avait recommandé maman, je ne l'ai pas toujours gardé autour de ma taille, mais, dès que je le pouvais, je renouais le cordon (ce n'était plus, bien sûr, le lien d'écorce de maman) là où il devait être.

*

La rumeur de la ville bat contre la baie vitrée du studio. J'ai peur qu'elle ne m'entraîne jusqu'au bout de cette nuit inépuisable. Alors, j'appelle mon rêve. Me voilà transportée au pied de la croix de Kivumu. Je suis nue : je n'ai autour de mes hanches que la cordelette et le talisman de bois. Le copeau s'insère dans l'entaille d'où on l'a détaché. La croix frémit, se gonfle en un tronc énorme qui m'engloutit jusqu'au cœur de ses cernes. La sève blanche comme le lait coule dans mes veines, l'arbre géant lance à nouveau ses branches jusqu'au ciel. Cette nuit, je suis la mémoire de l'arbre géant de Kivumu.

NOTE À L'ATTENTION
D'UN LECTEUR CURIEUX

Si l'arbre sacré de Kivumu est dû à ma seule ima-gination, il prend cependant racine dans la réalité historique du Rwanda.

Il existait en effet dans le sud-ouest du Rwanda deux petites principautés dirigées par des bami hutu qui avaient conservé une certaine indépen-dance vis-à-vis de la royauté centrale : il s'agit du Bukunzi et du Busozo.

Le mwami du Bukunzi était réputé commander à la pluie pour tout le Rwanda. Il recevait pour cela, avant chaque saison des pluies, des présents de la Cour et en particulier une vache appelée Mugurwamvura, Celle-qu'on-échange-contre-la-pluie.

Les habitants du Busozo étaient censés avoir accueilli le roi Ruganzu Ndori qui s'était partout heurté à l'hostilité de la population. En retour, les rois du Rwanda avaient accordé un statut particu-lier d'autonomie à cette petite région qui devait, pour tout tribut, fournir la Cour en certaines plantes médicinales.

Les Belges intégrèrent par la force ces deux enclaves rituelles au système administratif colonial des chefferies et des sous-chefferies.

La vache du roi Musinga

« *Yampaye inka Musinga !* – Ô toi, Musinga, qui m'as donné une vache ! » ne cessait de s'exclamer à tout propos mon grand-père, et la reconnaissante ferveur avec laquelle il invoquait le roi déchu ne manquait pas d'étonner la lycéenne que j'étais alors. Jurer par le nom de celui qui vous avait donné une vache et était devenu par là même votre patron, votre protecteur, auquel, en retour, vous deviez respect et service, était chose coutumière dans le Rwanda ancien. Une telle exclamation marquait l'étonnement, l'admiration, l'incrédulité devant quelque chose d'inattendu, d'extraordinaire, et pouvait-il y avoir événement plus extraordinaire pour un Rwandais que le don d'une vache ? Proclamer à haute voix le nom de celui qui vous avait accordé une telle faveur, c'était aussi montrer sous quel haut patronage vous étiez désormais placé, et la plus haute protection à laquelle vous pouviez prétendre était bien sûr celle du mwami lui-même, le roi qui détenait et distribuait toute puissance et richesse.

« Veux-tu bien te taire, se lamentait grand-mère quand elle l'entendait prononcer le nom de Musinga, le pauvre Musinga, tu sais bien qu'il est mort il y a longtemps, là où les Belges l'avaient enfermé, loin du Rwanda, chez les Congolais et, si on entend ce nom sortir de ta bouche, tu risques d'avoir des ennuis avec le chef de cellule et cela peut aller jusqu'au bourgmestre. Ne compte pas sur tes cheveux blancs pour te sauver. On ne respecte plus rien aujourd'hui. Tu auras droit à la chicotte comme un petit voleur sur le marché. Pense à ta petite-fille qui fait de grandes études au lycée, cela peut lui porter tort. Combien de fois faudra-t-il te le répéter : il n'y a plus de roi ! Regarde la photo de celui que le bourgmestre nous a fait accrocher : est-ce qu'il a l'air d'un roi ? »

Chaque soir, avant le coucher du soleil, mon grand-père faisait la toilette de sa vache. Il s'attardait à lisser tendrement sa robe et n'hésitait pas à sacrifier un régime de bananes pour obtenir du voisin une boule de beurre rance dont il lui oignait le poitrail. C'était son unique vache, il n'en avait pas d'autres. Son troupeau, et avec lui, sans doute, la descendance de la vache royale, les Hutu s'en étaient emparés au nom de la

demokarasi du peuple majoritaire. Ils avaient
tué toutes les bêtes et en avaient fait un interminable festin.

« Pourquoi ne m'ont-ils pas tué aussi, mau-
gréait grand-père, un Tutsi peut-il vivre sans ses
vaches ? »

De longues années pourtant, il avait survécu
sans même posséder une vache. Et puis, un jour,
une de ses filles qui s'était exilée et avait trouvé
du travail comme enseignante à Bukavu avait
réussi à lui faire parvenir un peu d'argent.

« On va pouvoir acheter des tôles pour le toit,
avait dit grand-mère.

— On va d'abord acheter une vache, avait
répondu grand-père, je ne veux pas mourir sans
avoir encore entendu meugler une vache dans
mon enclos. »

Grand-mère n'avait pas insisté : elle savait bien,
elle aussi, que, pour l'honneur de la famille et
la paix des ancêtres, il valait mieux avoir une
vache dans sa cour que quatre plaques de tôle
au-dessus de sa tête.

Grand-père était parti au marché de Rubona
où l'on vendait le bétail. Il y était resté trois jours
à observer, palper, comparer, discuter, marchander et avait fini par ramener une vache qui occupait désormais ses journées et ses nuits et sans
doute la plupart de ses pensées.

Après avoir prodigué le plus longuement qu'il pouvait les soins méticuleux à sa vache, lui avoir susurré des mots tendres à l'oreille, lui avoir dédié un poème dont je ne parvenais pas à comprendre les mots obscurs, grand-père s'asseyait sur le siège bas qui était celui du chef de famille, l'unique siège de la maison, les autres membres de la famille prenant place sur des nattes. Il allumait sa pipe et contemplait sa vache qui broutait une petite botte d'herbes fraîches qu'il m'avait envoyée cueillir.

*

Le respect que je lui devais, la crainte de raviver une douleur toujours lancinante m'avaient interdit de lui poser la question : « Grand-père, Musinga, le roi, il t'a vraiment donné une vache ? » Pourtant, un soir, c'était, je crois, à la veille de mon départ pour le lycée, poussée sans doute par la crainte de ne plus le revoir, je me décidai à lui poser la question :

« Grand-père, raconte-moi, Musinga, comment t'a-t-il donné une vache ?

— Umuhoza, ma petite-fille, puisque tu es bien pour moi Celle-qui-console, je dois te le dire. Retiens bien cela dans ton cœur, mais ne le répète à personne, au lycée, d'autres pourraient te vouloir du mal, mais un jour peut-être, puisque tu vas à l'école des Blancs, tu auras à l'écrire. Les jeunes d'à présent, ils n'ont plus de mémoire, ils écrivent...

« Yuhi Musinga[1], il est venu chez nous, sur notre colline, et nous avons partagé l'hydromel qu'avait préparé ta grand-mère. Le grand ficus que tu vois sur la pente de la colline, c'est là qu'on avait construit son palais pour la nuit, un piquet de l'enclos a pris racine et il est devenu le grand arbre que tu vois. Personne n'a osé l'abattre. Au retour des champs, les mères donnent le sein à leur bébé sous son ombre de bon augure. Les Hutu en ont peur, ils ne savent plus pourquoi. Quand le roi est venu, j'étais encore jeune, je venais juste de me marier, j'étais le dernier de ma famille, mes sœurs étaient mariées, mes frères étaient à l'école des Blancs. Le chef était venu dire à mon père : "Haguma, tes garçons, il faut les envoyer à l'école des Pères, je veux que l'administrateur belge dise que ceux que je gouverne sont civilisés." Mes grands frères sont partis à l'école des Blancs. Ils sont devenus des secrétaires, des clercs, des sous-chefs et quelques-uns même des chefs comme les aimaient les Belges. C'est ce qu'ils sont devenus : ils se sont habillés comme des Blancs, le soir, ils ne sont plus allés à la veillée des vieux chefs, ils sont allés boire de la bière, de la Primus, avec l'administrateur.

Ils se sont fait baptiser pour plaire aux Blancs. Les vieux chefs, les bien nés, ils les détestaient parce qu'ils prenaient leur place, le peuple les détestait parce qu'ils le forçaient à travailler, pas le travail qui fait honneur, le mauvais travail des Blancs, l'akazi… Mais ma mère a dit : "Nkomayombi, lui, il reste avec moi. Le cadet, c'est pour les vieux jours des parents. C'est bucura : Celui-sur-lequel-on-se-repose."

« Alors je suis resté dans l'enclos. Après la mort de mon père, j'ai pris soin de ma mère : c'est le devoir du cadet. Je suis resté dans l'enclos familial avec les vaches qui me revenaient. J'ai agrandi le troupeau. À cette époque, on aimait encore les vaches, plus que le papier que vous donnent les Blancs parce que vous êtes allé à l'école.

« À cette époque aussi, les Blancs ont dit au roi : "Sors de ton palais, sors de Nyanza, va rendre visite à tes chefs et à ton peuple que l'on civilise. Va admirer tout ce que nous avons fait pour ton Rwanda : des routes, des ponts, de vraies maisons solides, des dispensaires, des prisons, tout ce qui est civilisé. Va dans les églises où grâce à nos missionnaires ton peuple prie maintenant le vrai Dieu. Va saluer et remercier les administrateurs et les bons pères qui peinent pour sortir ton pauvre peuple de l'ignorance et du paganisme, va encourager et récompenser les bons chefs, ceux que nous avons éduqués, qui n'ont qu'une femme et qui font planter le café et le manioc."

« Musinga a répondu : "Je suis le mwami, le Rwanda m'appartient, je suis le Rwanda, tout le peuple m'appartient, qu'il vienne à moi comme il l'a toujours fait, qu'il apporte ce qu'il doit à un roi et j'accomplirai les rites et je donnerai la pluie et l'abondance et les Rwandais auront des vaches, beaucoup de vaches, beaucoup d'enfants, des guerriers ! C'est pour cela qu'ils ont un mwami."

« Mais les Blancs n'ont rien voulu entendre, ils ont dit à Musinga : "Il faut que tu ailles à Kigali, c'est notre capitale, nous voulons te voir dans notre capitale, elle n'est pas en paille comme la tienne à Nyanza, elle est solide comme un rocher." Pour aller de Nyanza à Kigali, il faut traverser la Nyabarongo. Tu sais que les rois qui portent le nom de Yuhi ne doivent pas traverser la Nyabarongo. Les Kigeri, les Mibambwe, ils vont là où ils veulent, ils attaquent les pays rebelles, les ennemis du Rwanda, ils razzient leurs vaches, les Yuhi, eux, ils restent à l'intérieur de la grande boucle de la Nyabarongo, au Nduga. Ne me demande pas pourquoi : c'est le secret des rois[2]. Mais les Blancs ont enfermé le Yuhi Musinga dans leur automobile, il n'y en avait pas beaucoup en ce temps-là au Rwanda, moi, je n'en avais jamais vu, et j'aurais eu peur si un Blanc m'avait fait monter dedans ! Est-ce que Musinga a eu peur ? C'est le roi, je ne peux pas le savoir. Alors l'automobile des Blancs a traversé la Nyabarongo avec Yuhi Musinga dedans. À Kigali, les Rwandais ont applaudi le roi, les évolués surtout parce qu'un Yuhi avait bravé les interdits et avait traversé la Nyabarongo. En fin de compte tout le monde avait peur. Qu'est-ce que le Rwanda allait devenir maintenant qu'un Yuhi avait traversé la Nyabarongo ?

« Ensuite, comme les Belges le lui avaient ordonné, Musinga est parti visiter les chefferies et les sous-chefferies. Il a refusé l'automobile des Blancs. Il ne voulait que sa litière de bambou, il voulait que ce soient ses Batwa qui le transportent sur leurs épaules. Il est venu ici, dans la sous-chefferie de Bitota. C'était au début de la saison sèche. Pendant la veillée, un voisin a annoncé : "Je viens de chez Bitota, il m'a dit que le mwami va venir, il logera chez Bitota qui a une maison comme les Blancs et il ira saluer l'administrateur." Bitota, on ne sait de qui il était, mais il venait de l'école des Blancs à Nyanza, il était de ceux qu'on appelait les abakarani, les secrétaires, parce qu'ils passaient leur temps à écrire dans de grands cahiers pour plaire à l'ad-

ministrateur et qu'ils portaient sous leurs pagnes
blancs des shorts, des ikabutura, avec des poches
sans fond pour y engloutir nos pauvres sous. On
les reconnaissait de loin perchés sur leur vélo.
Bitota était devenu sous-chef : c'était lui qui commandait après les Belges, il faisait ce qu'il voulait parce qu'il faisait la cour à l'administrateur
que tout le monde appelait Gisura, l'Ortie…
Bon, tout cela, c'était il y a si longtemps, com-
prends-tu au moins ce que je raconte ?

— Oui, grand-père, raconte-moi encore.

— Donc le voisin avait dit : "Le chef veut que
vous alliez saluer le mwami devant sa maison de
brique. Il a dit : 'Vous frapperez dans vos mains
comme on doit le faire pour le mwami, mais pas
trop fort, pas trop longtemps.' Les Belges n'aiment plus Musinga et les Pères non plus parce
que c'est un païen et Bitota a dit qu'il mettrait
son costume d'Européen pour lui montrer qu'il
est un évolué et parce qu'il sait que Musinga
prendra cela comme un affront et que cela le
mettra en colère."

« Nous, sur notre colline, ceux qui avaient
des vaches et les autres, on était bien décidés à aller applaudir Musinga, c'était toujours
notre roi. Mais on n'est pas allés chez Bitota.
Écoute bien : des gens sont venus discrètement
de Nyanza. Ils m'ont dit : "Le mwami va venir

mais il ne veut pas dormir chez Bitota, c'est son ennemi. À Nyanza, à l'école des chefs, il faisait partie de ceux qui chantaient des cantiques à tue-tête autour de l'enclos du roi pour troubler la veillée de la Cour. Musinga ne veut pas entrer dans sa maison de Blanc. Alors il t'a choisi, toi, Nkomayombi, il connaissait ton père, il sait qu'il était fidèle à son mwami. Toi, tu n'es pas allé à l'école des Blancs comme tes frères. Musinga croit qu'il peut compter sur toi.

« — Le mwami peut me faire confiance. Je lui suis fidèle.

« — Alors voilà ce que tu vas faire. Musinga s'arrangera pour arriver ici un peu avant le coucher du soleil. Il plantera sa lance : 'Je suis chez moi ici : un roi ne voyage pas après le coucher du soleil.' Toi, tu vas rassembler tous les gens de la colline, les hommes, les femmes, les enfants, vous allez construire un palais pour la nuit. C'est ce que vous allez faire, vous, les gens de Gahembe : vous allez construire un palais pour le mwami du Rwanda. C'est ce qu'on doit faire quand le roi quitte sa capitale et c'est ce que vous devez faire, vous, les gens de Gahembe, et ce sera pour vous un grand honneur. Tu es jeune, Nkomayombi, mais je sais qu'on te respecte. Ton père était un notable. On m'a dit que tu sais prendre la parole à la veillée. Ta mère était suivante à la cour de la reine mère : elle connaît les bonnes manières.

Commande à tous ceux de ta colline : au nom du mwami, on t'écoutera."

« C'est ce que j'ai fait. Tout le monde est venu de bon cœur. À cette époque, on savait construire vite une maison et, dans le marais qui n'était pas encore cultivé, il y avait tous les matériaux dont on avait besoin. On a tressé le toit et on a plié les grandes perches pour y poser le dôme qu'on a hissé au bout d'un piquet et ce ne sont pas les nattes qui manquaient. Une femme doit toujours avoir en réserve des nattes pour les hôtes qui peuvent survenir à tout moment. Honte sur celles qui n'ont pas de nattes pour le voyageur. Donc, en trois jours, tous les habitants de la colline et même ceux des collines voisines ont construit le gîte royal et aussi des petites huttes pour la suite. On a rassemblé toutes les vaches de la colline et celles des environs. On les a faites belles pour les présenter au roi. On les a ornées de feuillages et de fleurs pour que nous en soyons fiers quand elles défileraient devant Yuhi Musinga, notre hôte, sur notre colline, devant mon enclos. Personne n'avait oublié que c'est au mwami qu'appartiennent en fin de compte toutes les vaches. Et ma mère, ton aïeule, a préparé l'hydromel comme on n'en boit qu'à la Cour. Elle connaissait les secrets de l'hydromel du mwami, l'ubuki : qui les connaît encore aujourd'hui ?

« Le mwami est venu ici. Sur notre colline. Au loin, on a d'abord entendu les tambours. On a aperçu une petite foule qui venait vers nous. On a distingué les tambourinaires qui battaient les tambours qu'ils portaient sur leurs têtes, puis les dignitaires et les jeunes pages qui marchaient en dansant, les intore, et au-dessus de tous ces gens, sur sa litière, le roi Yuhi Musinga. Derrière venait la longue file des porteurs de bagages du mwami et le troupeau des vaches inyambo, les préférées de Musinga. Quand on a aperçu le cortège, on s'est précipités vers lui. Les femmes tendaient des petits bouquets d'herbe fine, l'herbe ishinge, elles poussaient des cris de joie ! Les hommes battaient des mains et acclamaient le roi : "*Ganza umwami !* Règne ô roi ! Notre roi est le plus grand !" Les Batwa ont déposé la litière et le roi s'est avancé vers moi : "Tu es Nkomayombi, fils de Haguma, il fut mon fidèle serviteur et toi tu lui ressembles et je sais et je vois que tu m'es fidèle. Cette nuit, je prendrai mon repos sur ta colline et nous partagerons l'hydromel : je sais que ta mère en connaît le secret." Pendant qu'on dressait le lit du roi et que les bergers, après les avoir abreuvées, parquaient les vaches royales pour la traite, on a fait défiler les nôtres devant Yuhi Musinga comme il se devait. Il nous a félicités. Les jeunes filles de la colline ont dansé devant le roi et les jeunes gens ont repris leurs lances et leurs boucliers pour montrer leur vaillance.

« Quand la nuit est tombée, le mwami a invité les sages de la colline à partager l'hydromel dans le palais que nous avions construit pour lui.

« Quatre jeunes gens vigoureux ont déposé devant le foyer une cruche de la taille d'un homme, qu'on avait décorée d'une guirlande de feuilles de bananier. Musinga s'est adressé à moi : "Je sais que ta mère a préparé pour moi cet hydromel. Quand elle a été suivante à la cour de ma mère, elle a appris comment on prépare l'hydromel pour le roi. Ma mère l'a donnée à ton père pour épouse. C'était pour lui un grand honneur. Tu es Nkomayombi, ton père t'a bien nommé, tu fais honneur à ton nom : tu es bien Celui-qui-bat-des-deux-mains-pour-son-roi." Chacun à son tour a plongé le chalumeau dans la cruche d'hydromel puis Musinga a parlé, longtemps, comme s'il ne parlait qu'à lui-même : "Je crains que les Belges ne vous enlèvent bientôt votre mwami. Ils ne veulent plus de moi et mes plus grands ennemis, les missionnaires, et parmi eux, les plus puissants, ceux qu'écoutent le gouverneur et le résident, les Pères blancs, veulent me prendre le Tambour et leur chef[3] ne cesse de leur écrire qu'il faut un roi évolué et

mieux encore un roi qui se fasse baptiser. Je suis
peut-être votre dernier mwami. Je suis celui qui a
accompli tous les rites qui incombent à un Yuhi.
Après moi, il n'y aura plus de mwami. Et s'il
en vient après moi, je crains que les rites soient
délaissés et alors notre Rwanda s'écroulera et
peut-être que le monde entier s'écroulera. À
Nyanza, j'ai fait venir d'autres missionnaires, je
voulais les entendre car ce sont les ennemis des
Pères blancs. Ils disent aussi que le monde va
périr[4]... " Nous ne savions que dire. Il me semble
que, sous son voile de perles, j'ai cru voir couler
des larmes sur le visage de Musinga. J'ai dû me
tromper : est-ce qu'un mwami peut pleurer ?

« Le lendemain matin, Musinga est sorti de
son palais vêtu comme un Blanc ! Il portait un
uniforme militaire bleu avec des galons et un
casque blanc comme l'administrateur. Il est parti
sans nous saluer, à pied, vers la maison en brique
de Bitota et les bureaux de l'administrateur. Je
ne l'ai pas suivi, personne de Gahembe ne l'a
suivi. Les serviteurs du roi Musinga ont aussitôt
détruit le palais d'une nuit et les petites huttes.
Ils ont oublié quelques piquets. On n'y a pas
touché. L'un d'eux a pris racine : il est devenu
le grand arbre que tu vois.

« Le cortège s'est éloigné, a disparu. Mais
quelques bergers étaient restés en arrière. Ils

sont entrés dans ma cour. Ils avaient une génisse inyambo : "Voilà ce que Musinga t'a réservé, une vache de son troupeau. Tu l'appelleras Iriza, la Féconde. Mais en retour, le mwami attend de toi une cruche d'hydromel. Va à la Cour, à Nyanza."

« Peu de temps après, l'administrateur et le sous-chef ont convoqué toute la population. L'administrateur a fait un petit discours que nous n'avons pas compris. Puis Bitota a pris la parole : "Nous avons un nouveau mwami, Musinga n'est plus digne du Tambour. Les temps ont changé. Acclamons notre nouveau roi, Mutara Rudahi-gwa, fils de Musinga[5]…"

« Nous nous sommes inclinés et nous avons battu des mains en acclamant : "Vive le nouveau mwami, vive le mwami que nous ont donné les Blancs !"

« On a mis bien longtemps pour apprendre ce que les Belges avaient fait de Musinga. Si l'on posait la question à Bitota, il faisait sem-blant de ne pas avoir entendu ou bien il répon-dait : "Allez demander cela aux Belges, ce sont eux qui lui ont enlevé le Tambour." Puis les rumeurs nous assaillirent de tous côtés comme de mauvais frelons. Les uns disaient : "Ils l'ont expulsé au Burundi comme pour Gashamura[6], le grand ritualiste qui détenait les secrets de la royauté, ils disaient de lui que c'était un sor-

cier qui s'était emparé de l'esprit du mwami."
D'autres assuraient qu'on l'avait mis en prison,
une prison construite exprès pour lui tout à côté
de la maison du résident à Kigali. Quelques-uns
prétendaient que les Blancs l'avaient empoisonné : "N'ont-ils pas empoisonné notre Rwanda
depuis qu'ils ont trouvé le chemin du pays ? Les
épidémies tuent nos vaches et nos enfants, la
famine a dévasté le pays, il fallait pour finir qu'ils
empoisonnent notre mwami et, s'il n'y a plus de
mwami, c'est la fin du sorgho : il n'y aura plus
de Rwanda."

« Enfin, les porteurs de nouvelles sont parve-
nus jusqu'à nous, à Gahembe. Ils nous ont appris
que les Belges avaient exilé Musinga dans une
région qui était bien au Rwanda, mais qui n'était
plus tout à fait au Rwanda, où l'on ne parlait
pas kinyarwanda, une région toute proche du
Congo, comme si c'était déjà au Congo, au
Kinyaga, chez les Bashi, à Kamembe. Et le pire,
ajoutaient-ils, c'était que la chefferie est gouver-
née par Rwagataraka[7], le plus grand ennemi de
Musinga. Les Belges ont interdit à quiconque
d'aller rendre hommage à Musinga. C'est pour
cela qu'ils ont choisi Kamembe, au bord du lac
Kivu, car il est très difficile de s'y rendre. Pour
aller à Kamembe, il faut traverser la grande forêt
de Nyungwe. Tu as entendu parler de la forêt de
Nyungwe ? Tu ne peux pas pénétrer dans la forêt

de Nyungwe. Les grands singes qui y habitent ne
te laissent pas y pénétrer, c'est leur domaine,
ils attaquent, pillent et violent tous ceux qui s'y
risquent. Et puis il y a les léopards qui te guettent
et des serpents dans les branches qui crachent
leur venin dans tes yeux et d'autres qui rampent
dans les herbes sous tes pieds, on dit même qu'il
y a des éléphants, plus petits peut-être que ceux
du Bugesera, mais malheur à toi si tu empruntes
leur sentier ! Il y a bien une piste qui traverse la
forêt, une seule, mais les hommes de Rwagataraka ont dressé une barrière ; celui qu'ils soup-
çonnent d'aller chez Musinga, ils ne le laissent
pas passer : ils le battent, lui confisquent ses
bagages et les présents qu'il allait offrir au roi.
Kamembe, c'est pire qu'une prison, personne ne
peut y aller rendre hommage au mwami : c'est
comme si on l'avait jeté de l'autre côté du lac.

« Moi, j'écoutais ceux qui parlaient ainsi, je
ne disais rien. Mais j'étais toujours résolu à faire
ce que je devais au mwami Yuhi Musinga : lui
apporter une cruche d'hydromel.

« J'ai dit à ma mère :

« "Prépare-moi une cruche d'hydromel."

« Elle a bien sûr compris.

« "C'est pour Musinga ?

« — C'est pour le mwami : il m'a donné une
vache."

Ma mère s'est donc mise à préparer l'hydromel en se lamentant bien haut sur les malheurs
que ne manquerait pas d'attirer sur moi et sur
toute la famille la boisson royale. Je savais bien
sûr à quels dangers j'allais m'exposer mais j'étais
jeune et je me réjouissais de jouer un bon tour
aux Blancs et à ceux qui couraient derrière eux
comme une meute de petits chiens affamés. D'ailleurs, j'avais mon plan. Il n'était pas question de
passer par la forêt. Non seulement il y avait les
animaux sauvages mais, surtout, Nyungwe, c'est
une haute montagne et, pour la franchir, il fau-
drait escalader des crêtes, descendre dans des
ravins profonds, remonter des pentes abruptes,
et tout cela pour se perdre sous les arbres là où
il fait plus noir que par une nuit sans lune. Il ne
me restait plus qu'à passer par la piste. Mais là,
comme on me l'avait dit, les hommes de Rwagataraka contrôlaient tous ceux qui se dirigeaient
vers Kamembe et sans doute les Belges eux aussi
surveillaient les voyageurs, pourtant ils ne pouvaient interdire à tout le monde de continuer
son chemin, il fallait bien qu'ils laissent passer
ceux qui revenaient du marché de Gikongoro ou
allaient à celui de Cyangugu et surtout ceux qui
allaient travailler au Congo, à Costermansville
qui n'était pas encore Bukavu.

« J'avais donc décidé de me faire passer pour
un colporteur, un *umuyangayanga*. Toi, Umu-

hoza, tu es trop jeune, tu n'as pas connu ça.
Les abayangayanga, c'étaient des commerçants
qui allaient de colline en colline. Ils disaient
qu'ils venaient de Zanzibar, tout ce qu'ils ven-
daient, assuraient-ils, venait de Zanzibar. On
entendait de loin le tintamarre que faisait leur
grand sac qui contenait leur marchandise (et
je crois qu'ils le secouaient pour signaler leur
arrivée), et aussitôt les femmes abandonnaient
leur houe, dénouaient le nœud de leur pagne
et défroissaient avec appréhension le petit billet
qu'elles avaient conservé roulé en boule. Déjà
le colporteur avait étalé ses marchandises dans
la cour : des marmites en métal, des houes, des
cadenas avec leurs clés, des anneaux de chevilles,
des colliers de perles de toutes les couleurs, des
petits flacons d'huile d'arachide pour les cheveux et le visage des enfants, des médicaments
dans des petites boîtes d'allumettes, que sais-je
encore ? On s'installait pour marchander le plus
longtemps possible. C'était une belle journée de
loisir pour les femmes, la venue du colporteur !
Nous, les hommes, cela ne nous intéressait pas.
Ce sont les femmes qui tiennent la bourse...
Bon... Donc, je suis allé chez un de mes frères
qui habitait Astrida, il était secrétaire chez les
Pères. Je lui ai expliqué mon projet. Je voulais
qu'il m'aide à acheter tout ce qui pouvait me
faire passer pour un umuyangayanga. Il m'a

traité de fou, mais, comme c'était mon frère, il a bien été obligé de m'aider. Il a envoyé son boy pour acheter tout ce que vendait un colporteur et une grande sacoche pour mettre tout ça dedans. Mon frère a bien ri quand il m'a vu habillé comme un Swahili dans une longue robe blanche et avec une calotte de mahométan sur la tête. Il m'a examiné longtemps et il a conclu : "La robe est un peu courte, mais on ne peut pas se tromper, on dirait vraiment que c'est un Tutsi qui vient tout droit de Zanzibar !"

« J'ai pris la route de Gikongoro. J'avais plié ma robe de Swahili dans la sacoche en attendant de la mettre juste avant la barrière que gardaient les hommes de Rwagataraka. Trois fois, on m'a offert l'hospitalité pour la nuit. Mes hôtes regardaient avec curiosité ma sacoche mais ne posaient pas de questions, tu sais bien qu'on ne pose pas de questions à un voyageur. Le troisième jour, alors que se rapprochaient les montagnes couvertes de la grande forêt, j'ai passé la robe swahili. Je suis arrivé à la barrière qui fermait la piste. Elle était gardée par une dizaine de Hutu armés de gros bâtons, de machettes et de lances. Un grand Tutsi les commandait. Devant la barricade de branchages, il y avait une cohue d'hommes et de femmes chargés de régimes de bananes ou de paniers sur leur tête. Ils passaient un à un devant les gardiens qui les examinaient

plutôt distraitement, plaisantaient avec certains
et demandaient à tous un petit droit de passage :
une main de bananes, un petit panier de patates
douces pour ceux qui allaient au marché et
quelques piécettes pour ceux qui en revenaient.
Je me suis mêlé à la foule espérant ne pas me
faire trop remarquer mais, quand je suis arrivé
à la barrière, le chef des gardiens s'est dirigé
vers moi :

« "Qu'est-ce que c'est que ça ! Qui es-tu, toi ?"

« J'ai répondu : "Tu vois bien, je suis un
colporteur, je vais au marché de Cyangugu."

« Il a éclaté de rire et il s'est mis à me parler en swahili. Je n'ai rien compris, est-ce qu'on
parle swahili quand on possède des vaches ?

« Il riait de plus en plus fort : "Un umuyangayanga qui ne parle pas swahili, jamais vu ça !
Et tu vas peut-être me dire aussi que tu viens
de Zanzibar ! Regarde-toi, tu n'as même pas pu
trouver une robe de Swahili à ta taille. Tu ressembles trop à un Tutsi pour faire l'umuyangayanga."

« Alors il a fait signe à deux de ses gardes de
m'enlever ma robe et ils se sont mis à me frapper
avec leur bâton. Les autres ont vidé ma sacoche
et se sont partagé la marchandise.

« "Regardez, a dit l'un d'eux en découvrant la
calebasse d'hydromel, ça, c'est la boisson du roi,
c'était pour Musinga, c'est un rebelle, il allait

faire sa cour à Kamembe. Il faut l'emmener chez
les Belges.

« — Attendez, a dit le chef, je veux d'abord
savoir qui il est."

« Les gardes avaient cessé de me battre et
m'avaient attaché les mains dans le dos. Le chef
s'est adressé à moi :

« "Et toi, dis-moi comment tu t'appelles, de
qui tu es ?

« — Je m'appelle Nkomayombi, mon père
c'est Haguma, de Kabugu, de Kitatire. Musinga
m'a donné une vache, je lui apporte ce que je
lui dois en retour."

« Le chef des gardes a réfléchi un long
moment puis il a fini par me dire :

« "J'ai connu ton père, c'était un sage, je le
respectais, je ne veux pas offenser son esprit, il
pourrait se venger, tu es son fils et je ne te veux
pas de mal non plus. Mais tu es bien imprudent,
à quoi te servira d'aller faire la cour à Kamembe
sinon à aller en prison et à perdre tes vaches ? Va
plutôt à Nyanza, on construit un palais en pierre
pour le nouveau roi, apporte-lui ton hydromel,
dis-lui que tu vas planter du manioc, le nouveau
roi, on l'appelle le roi du manioc, et surtout va
chez les Pères, fais-toi baptiser comme va le faire
Rwagataraka, et moi aussi j'irai au catéchisme
puisque mon chef y va : tu sais, ce sont les missionnaires qui sont les plus puissants mainte-

nant ! Tu es jeune, il n'y a rien à espérer pour toi à Kamembe, que du malheur pour toi et ta famille."

« Il a ordonné de me détacher et m'a dit :

« "Je ne veux pas que ces Hutu maltraitent le fils de Haguma, va-t'en, cours, je ne t'ai pas vu."

« J'ai repris en boitillant la direction de Gikongoro, je traînais comme je le pouvais toutes les souffrances de mon corps et je tremblais de rage impuissante. J'ai pensé un instant à faire demi-tour, à passer coûte que coûte par la forêt. Mais je n'en avais plus la force et puis je n'avais plus rien à offrir au roi. Peut-on se présenter devant le mwami si on n'a rien à lui offrir ? J'étais à moitié nu, je n'avais plus qu'un petit bout de tissu qui couvrait à peine ce qu'on ne doit pas montrer, j'avais honte et je ne voulais pas suivre la piste principale de peur qu'on se moque de moi. Alors j'ai pris des petits sentiers à travers les collines. Je ne savais plus où j'allais, où j'étais. J'évitais les habitations, j'étais certain que les femmes s'enfuiraient de peur en me voyant, que les enfants me poursuivraient en riant et me lanceraient des cailloux, que les hommes se jetteraient sur moi pour me livrer aux chiens ou bien au sous-chef qui m'enfermerait en prison. Je volais des patates douces dans les champs que je croquais crues. Au bout de trois jours, à bout de forces, je me suis jeté sous un grand arbre, je ne sais plus si je me suis endormi ou si j'ai perdu connaissance...

« C'est le parfum du lait qui m'a rappelé à la vie. J'ai ouvert les yeux. J'ai vu au-dessus de moi la voûte d'une hutte qui ne devait pas être bien grande, puis, comme dans un rêve, le visage d'une jeune femme, d'une beauté... comme si elle sortait d'un conte, qui me présentait un pot à lait.

« "Où... ?"

« La jeune femme ne m'a pas laissé le temps d'achever.

« "Bois, ne demande pas."

« J'ai vidé d'un trait le pot à lait qu'elle me tendait.

« "Qui... ?

« — Ne me demande pas. Il te faut du repos. J'ai vu sur ton corps... J'ai les herbes pour soigner tes blessures. Je crois savoir pourquoi tu as été battu mais tu n'as pas besoin de me le dire. Tu peux rester ici jusqu'à ce que tu sois rétabli. Ne me pose pas de questions. Ne te montre pas si survient un visiteur."

« Je ne sais combien de jours je suis resté chez cette généreuse jeune femme. Si je cherche à retrouver son visage, c'est comme quand on cherche à se souvenir d'un rêve qui toujours se dérobe, c'était une femme d'une beauté que je suis incapable de te décrire. Ce que je sais, c'est que c'est grâce à elle et à ses herbes que j'ai recouvré mes forces. Elle ne m'adressait presque jamais la parole, c'était sa servante qui prenait soin de moi et je partageais pour dormir la petite hutte d'un jeune garçon qui aurait pu être son berger si elle avait possédé des vaches. J'ai pu tout de même remarquer ses manières distinguées, la noblesse de ses gestes et l'élégance de ses rares paroles. Elle avait un enfant, une petite fille, elle lui donnait le sein. Je n'osais pas lui poser des questions mais je ne comprenais pas pourquoi tout le voisinage venait, me semblait-il, déposer discrètement du lait et des vivres à l'entrée de l'enclos. Même des Blancs lui rendaient régulièrement visite : je n'ai jamais su si c'étaient des Belges de l'administration ou des missionnaires car, lorsqu'un étranger se présentait, je devais précipitamment me cacher dans la hutte du petit berger.

« Le jour où je me suis senti prêt pour le départ, la jeune dame m'a offert un pagne blanc et un bâton de berger pour ma dignité. J'ai compris plus tard que les remerciements et les dons que je lui promettais en retour de ses bienfaits étaient superflus. Le garçon m'a conduit jusqu'à la grande piste.

« J'étais un peu honteux de raconter à mon frère ce qui m'était arrivé sur la route de Kamembe sans avoir pu y parvenir. Pourtant, en fin de compte, il a paru soulagé : "On t'a roué de coups mais, au moins, on ne t'a pas jeté en prison et on n'a pas confisqué tes vaches. Maintenant, promets-moi de ne parler à personne de tes folies, à personne, tu m'entends !" Puis il m'a abreuvé de conseils : "Musinga, c'est fini, il ne reviendra jamais au Tambour. Il faut que, toi aussi, tu acceptes comme les autres le Rwanda que nous fabriquent les Blancs. Comme dit le cantique : 'Rien n'est plus comme autrefois. Tout a changé.' Tu n'es pas allé à l'école comme moi et tes frères, mais va chez les Pères, suis l'instruction du catéchisme, ils ne refuseront pas d'accueillir quelqu'un de bien né comme toi, un notable sur sa colline, ils aiment les Tutsi, fais ce qu'ils te disent, ils seront comme tes patrons, tu deviendras leur protégé, tu seras respecté et considéré par le sous-chef et l'administrateur, ils ne pourront rien contre toi, tu conserveras tes vaches. Mais j'ai quelque chose à te demander : la dame qui t'a si généreusement accueilli et soigné, tu en parles comme si elle sortait d'un conte, tu sais qui elle est, de qui elle est, tu connais son nom ?

« — Je ne sais pas. Elle ne m'a rien dit.

« — Tu ne sais pas ! Tu sors vraiment de ta brousse, dans quel monde vis-tu ! Eh bien, moi, j'ai deviné qui elle était, on ne parle que d'elle à Astrida, la femme qui t'a sauvé, c'est Musheshambuga, la fille de Musinga, l'épouse qu'a répudiée Rwagataraka[8] !"

« Toi non plus, Umuhoza, tu ne connais pas l'histoire de Musheshambuga : pourquoi la connaîtrais-tu ? c'est une vieille histoire. Il faut pourtant que je te la raconte : son histoire, c'est comme si c'était celle de toutes les malédictions qui pèsent sur le Rwanda. Donc Musheshambuga, c'était la fille dernière-née de Musinga. Je ne sais de laquelle de ses femmes. Musinga s'est cru habile en la donnant pour épouse à Rwagataraka qui ne cessait de comploter contre lui. Il croyait sans doute s'attacher ce traître. Rwagataraka avait toujours été du côté des Blancs. Il leur disait tout le mal qu'il pouvait de Musinga. Quand il est tombé malade, c'est un père qui l'a soigné et guéri. C'est peut-être cela qui l'a décidé à se faire chrétien. Il s'est fait instruire au catéchisme. Ses femmes ont suivi son exemple. Musheshambuga aussi. Elle ne pouvait pas faire autrement. C'est le devoir d'une épouse de suivre son mari, elle n'est pas censée comprendre, elle ne pose pas de questions. Et quand Musinga a appris que sa fille voulait se faire baptiser, il a

jeté sur elle toutes les malédictions qu'on puisse
jeter sur son pire ennemi. On dit même qu'il
lui a fait écrire une lettre où il lui disait qu'il
maudirait tous ses enfants qui se feraient chrétiens, que, elle, il la haïrait comme le poison qui
avait tué son frère, comme la méningite qui avait
emporté ses deux premiers fils, qu'elle ne serait
plus sa fille, qu'il ne la reverrait plus jamais[9]...
Musheshambuga a continué à suivre son mari :
une femme mariée n'appartient plus à son père,
elle appartient au lignage de son époux. Mais
quand Rwagataraka a voulu se présenter pour le
baptême, les Pères lui ont dit : "Rwagataraka, ce
n'est pas possible, les chrétiens n'ont droit qu'à
une seule femme. C'est Jésus, notre chef, qui l'a
dit. C'est dans notre Livre. Ne l'as-tu pas appris
au catéchisme ? Rwagataraka, tu ne peux devenir chrétien avec tes cinq femmes. Tu en gardes
une et tu renvoies les autres." Peut-être Rwagataraka a-t-il essayé d'argumenter : "Nous autres,
les chefs, nous avons de nombreux domaines et
dans toutes les régions du pays. Si je renvoie mes
épouses, qui donc gérera mes domaines ? En qui
puis-je avoir confiance sinon en mes épouses ?
Un intendant, qu'il soit tutsi ou hutu, vous tra-
hit toujours." Mais les Pères n'ont rien voulu
entendre et Rwagataraka a dû répudier quatre de
ses femmes et bien sûr, parmi elles, Musheshambuga, non seulement parce que c'était la der-

nière épousée, mais sans doute aussi pour faire affront à Musinga et pour ajouter à l'outrage fait au mwami, il l'a chassée honteusement, sans même lui assurer de quoi subsister pour elle et l'enfant qu'elle venait de mettre au monde. Elle serait morte de faim si ceux qui avaient encore un peu de cœur ne lui étaient venus en aide en cachette de Rwagataraka. C'était une honte pour tous de voir la fille de Musinga réduite à un tel état de misère, si bien que les Belges et les Pères, craignant le scandale et peut-être une révolte, lui ont fait bâtir, à l'écart de tous, à l'orée de la grande forêt, la petite hutte, celle où elle m'a hébergé. On a exigé des paysans du voisinage qu'ils lui fournissent juste de quoi se nourrir et je crois qu'ils l'ont fait sans rechigner, par respect pour le mwami. Les Belges la surveillaient. Les Pères la visitaient espérant aussi qu'elle se ferait un jour baptiser... Et puis les Blancs se sont à nouveau fait la guerre, toi qui vas au lycée, tu sais peut-être pourquoi les Blancs se font la guerre, ils ont exilé Musinga au Congo, il y a eu la grande famine, celle qu'on a appelée Ruzagayura, on dit que Musheshambuga serait peut-être morte de faim, elle et sa petite fille... Mais qui les a vues ? Personne n'en sait rien... »

*

Grand-père s'était tu, il avait pris sa tête entre ses deux mains fripées et décharnées, et resta un long moment silencieux.

« Tout ce que je t'ai raconté, ce sont de vieilles histoires, qui s'y intéresserait encore aujourd'hui ? Umuhoza, enfouis-les au plus profond de ta mémoire ou jette-les au vent de l'oubli. Tiens : il est temps que tu allumes ma pipe. »

Je bourrai le fourneau de terre de la pipe, l'allumai avec un tison du foyer et en tirai, comme le veut la coutume, une première bouffée avant de la lui tendre.

« Regarde, dit mon grand-père, les paroles se dissipent comme la fumée du tabac. »

*

Je n'ai plus jamais revu mon grand-père. Mais souvent, je me plais à imaginer qu'il a été accueilli au paradis des Tutsi. Et là-haut, lorsque l'ange-berger a désenlacé la barrière de branchages qui fermait la porte de l'enclos et que, de son bâton, il lui a désigné le troupeau de vaches qu'il ferait paître dans les prairies célestes, grand-père s'est écrié : « *Yampaye inka Musinga !* – Ô toi, Musinga, qui m'as donné une vache ! »

NOTES À L'ATTENTION
DU LECTEUR CURIEUX

1. 1. Musinga (?-1944) est porté au « Tambour » en 1896 grâce à un coup d'État organisé par sa mère Kanjogera et les deux frères de celle-ci, au cours duquel le roi légitime, Rutarindwa, est assassiné. Il prend le nom de règne de Yuhi (voir note suivante). Privé peu à peu de ses prérogatives par les colonisateurs allemands puis belges, et refusant de se convertir au christianisme, il est déposé en 1931 par les autorités mandataires belges et assigné à résidence à Kamembe à la frontière du Congo belge. En 1940, il est exilé à Moba, toujours au Congo belge, où il meurt en 1944.

2. Les rois du Rwanda (sing. *mwami*, plur. *bami*) se succédaient selon la titulature suivante : 1° Mutara (ou Cyirima) ; 2° Kigeri ; 3° Mibambwe ; 4° Yuhi. Les premiers et derniers rois du cycle, Mutara (ou Cyirima) et Yuhi, devaient rester confinés à l'intérieur du pays : appelés « rois vachers », leur règne était consacré à la

fécondité humaine et bovine. Les rois portant le nom de Kigeri et Mibambwe, considérés comme rois guerriers, n'étaient soumis à aucune contrainte territoriale.

Les Yuhi ne devaient pas franchir la rivière Nyabarongo qui décrit une grande boucle au centre du Rwanda. Ils jouaient un grand rôle rituel et mystique, et devaient raviver le feu de Gihanga, le fondateur mythique du Rwanda, qui assurait la pérennité du royaume.

Cette titulature semble avoir été fixée sous le règne du roi Rujugira au milieu du XVIIIe siècle.

3. Il s'agit de Mgr Léon Paul Classe (Metz, 1874 – Bujumbura, 1945). Entré chez les Pères blancs, il est ordonné prêtre dans la cathédrale de Carthage, le 11 mars 1900. Il rejoint bientôt le Rwanda où il fonde plusieurs missions. Sacré évêque en 1920, il devient le premier vicaire apostolique du Rwanda. Établi à Kabgayi, au centre du pays, il adopte pour stratégie missionnaire la conversion des chefs tutsi, qui entraînera le reste de la population. Le roi Musinga refusant de se faire baptiser, il encourage le gouverneur Voisin à le destituer et mène en Belgique une violente campagne de presse contre le souverain rwandais.

4. Pour tenter de contrer l'influence grandissante des missions catholiques et du vicaire apostolique,

Mgr Classe, Musinga invita à la Cour un prédica-
teur des adventistes du Septième jour qui avaient la
réputation de s'opposer à certaines mesures colo-
niales. Il donna l'ordre aux notables de venir écouter
ses sermons.

5. Déposition de Musinga. Musinga quitta Nyanza
le 14 novembre 1931 au matin en compagnie de sa
mère, de ses sept épouses et de ses enfants. Pendant la nuit, les militaires belges avaient saisi les
tambours royaux dont il refusait de se séparer. La
caravane qui comprenait quelque sept cents per-
sonnes, dont quatre cent cinquante porteurs, mit
une semaine pour parvenir à Kamembe, important
marché sur la rive sud du lac Kivu, dans la banlieue
de Cyangugu. Kamembe est séparé du Rwanda
central par une vaste étendue de forêt tropicale de
montagne, la forêt de Nyungwe, maintenant parc
naturel. Kamembe avait été choisi comme lieu d'exil
parce que sa situation géographique rendait difficile pour ses anciens sujets d'apporter leur tribut à
Musinga et à celui-ci d'intervenir dans les affaires
de la cour du nouveau roi.

6. Gashamura, à la tête du clan des Batsobe, était
le ritualiste principal (umwiru) à la cour de Musinga.
L'une de ses fonctions consistait en l'organisation et
la célébration de la fête annuelle des prémices du

sorgho (umuganura) par laquelle le mwami assurait la prospérité du pays. Tout le Rwanda participait avec ferveur à ces festivités qui célébraient la puissance rituelle du roi. Considéré par les Belges et les missionnaires comme un dangereux sorcier qui renforçait Musinga dans son refus de se convertir, il fut jeté en prison en janvier 1925 et exilé au Burundi au mois de mars suivant.

7. Si Bitota est un personnage de fiction, Rwagataraka est bien quant à lui un personnage historique. Chef de la région du Kinyaga, au sud-ouest du Rwanda, il appartenait à un important lignage du clan des Abega qui avait puissamment aidé à porter Musinga au pouvoir. Pourtant Rwagataraka entretint toujours de très mauvaises relations avec le mwami qui était son petit-cousin. En 1916, son père Rwidegembya ayant été mis en prison, il alla pour obtenir sa grâce auprès des Belges accuser Musinga d'être toujours en relation avec les Allemands et de cacher un de leurs messagers à la Cour. Musinga fut arrêté mais rapidement libéré, l'accusation s'étant révélée fausse. Sous le mandat, Rwagataraka collabora étroitement avec les Belges et fut considéré comme un chef « éclairé ».

8. La répudiation de Musheshambuga, fille de Musinga, par Rwagataraka est historique.

L'hypothèse de sa mort durant la famine des années 1942 et 1943 est de pure fiction.

9. Lettre que Musinga aurait écrite à sa fille et qui a été publiée, en français, par le chanoine Louis de Lacger, dans son ouvrage *Ruanda, T. 2, Le Ruanda moderne*, Grands Lacs, Namur, 1939, pp. 188-189.

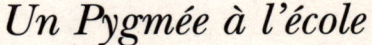

Un Pygmée à l'école

Dans la classe de Félicien, nous étions serrés à quatre ou cinq sur un même banc qui n'était apparemment prévu que pour deux. Heureusement, nous étions maigres, à l'exception de quelques filles aux postérieurs déjà avantageux à côté desquelles il fallait éviter de s'asseoir.

Pourtant, au fond de la classe, il y avait un élève qui occupait un banc et un pupitre à lui tout seul. Ce n'était pas par privilège, il n'était pas atteint non plus, je crois, d'une maladie contagieuse, mais personne n'aurait voulu s'asseoir à côté de lui au risque de le toucher, de le frôler, et Félicien lui-même veillait à ce que personne ne transgresse le cordon sanitaire qui isolait le garçon. Mais qui donc aurait osé s'asseoir aux côtés de Cyprien, le paria, l'igikorwa, Cyprien le Mutwa ?

Il était arrivé à l'école quelques jours après la rentrée. Ce matin-là, comme tous les autres matins, aux battements des trois tambours qui en donnaient le signal, nous nous apprêtions, bien en rangs, à gagner nos classes, quand nous avons vu entrer dans la cour le père Canoni suivi d'un garçon vêtu de l'uniforme des écoliers, chemisette et short kaki, des cahiers sous les aisselles. Aussitôt, Félicien et ses deux collègues, Alexis et Désiré, se précipitèrent en direction du missionnaire, nous laissant devant les classes où nous n'osions entrer sans leur permission.

Les trois moniteurs saluèrent longuement le missionnaire et lui prodiguèrent des marques de respect comme on n'en réserve qu'aux plus hautes autorités. Il est vrai que le père Canoni, un Allemand à la carrure imposante, était très admiré et respecté de ses paroissiens tutsi qu'il n'hésitait pas à défendre, à la sortie de la messe, des agressions des jeunes militants du parti en faisant mine de les menacer de sa carabine, ce qui provoquait aussitôt la fuite éperdue de nos persécuteurs.

Une vive discussion dont nous ne pouvions saisir que des bribes s'engagea entre le père Canoni et les moniteurs. Le garçon qui l'accompagnait se tenait sans bouger à quelque distance derrière le missionnaire. « Mais je le reconnais, chuchota Speciosa, c'est Cyprien, le Mutwa, je passe chaque jour devant la maison de son père quand je vais à l'école. Je l'ai souvent aperçu, c'est un Mutwa. Un Mutwa ne va tout de même pas venir en classe avec nous ! » La nouvelle se propagea bientôt d'un bout à l'autre des rangées d'élèves : « Un Mutwa, un Mutwa à l'école, ce n'est pas possible ! »

La discussion entre le père Canoni et les moniteurs se prolongeait et devenait, malgré la retenue exigée par la politesse rwandaise, de plus en plus vive. Nous comprenions bien que nos maîtres refusaient obstinément d'accepter un Mutwa dans leur classe, il y allait de leur réputation et de leur honneur : les parents risquaient de refuser d'envoyer leurs enfants dans la classe où il y avait un Mutwa. Les Tutsi déplacés avaient subi bien des humiliations, ils n'étaient peut-être plus pour les Hutu que des cafards, mais ils n'étaient pas prêts à accepter que leurs enfants côtoient un Mutwa. D'ailleurs qu'est-ce qu'un Mutwa pourrait bien comprendre à ce que les maîtres enseignaient avec déjà tant de difficultés à leurs élèves ? Pouvait-on apprendre le français à un Mutwa ? Un Mutwa parlant français, pouvait-on imaginer ça ? Alexis, qui était le fils d'un grand chef du Nord et qui, dans son exil, avait conservé ses manières de grand seigneur, rompit le premier les négociations et se retira, visiblement indigné, dans sa classe, suivi par ses élèves. « Je n'allais tout de même pas risquer de faire périr le peu de vaches du troupeau que j'essaie de reconstituer », se justifia-t-il auprès de mon père. Désiré parut se confondre en excuses tout en s'esquivant discrètement après avoir fait signe à ses élèves de gagner leurs places.

La discussion continua encore quelque temps entre Félicien et le père Canoni, puis notre maître salua le missionnaire et revint vers nous : à notre grande stupeur, il était suivi de Cyprien le Mutwa.

« Attendez un instant, nous dit-il, j'installe un nouvel élève. »

Il lui désigna un pupitre au fond de la classe, débarrassa la table auprès de son bureau où s'entassaient des cahiers et des livres. Quand il nous donna l'ordre d'entrer, il s'adressa à Célestin, Côme et Damien : « Vous trois, votre place est là maintenant, à la petite table, c'est le meilleur endroit pour écouter la leçon, Cyprien ira à votre place. »

La présence de Cyprien le Mutwa dans notre classe nous valut les moqueries de tous les autres élèves de l'école de Nyamata. Et, dans le village, il n'y avait personne pour approuver la décision de Félicien : « Un Mutwa à l'école ! s'écria mon père quand je lui appris la nouvelle, les Batwa ne vont pas à l'école, ils font des pots et ils les vendent au marché. Qu'est-ce qu'ils feraient à l'école ? D'ailleurs comment iraient-ils à l'école, ils ne sont pas baptisés. Tu dis que ton Mutwa s'appelle Cyprien, ce ne peut pas être un Mutwa. »

Nous autres de la classe de Félicien, nous faisions tout ce qui était possible pour mettre Cyprien à l'écart. Personne ne lui adressait la parole et chacun s'arrangeait toujours pour le tenir à bonne distance. À midi, quand, entre copains et copines, on mettait en commun nos provisions, Cyprien mangeait seul. Durant la classe, Félicien l'ignorait. Jamais il ne l'invitait à participer à la leçon, jamais il ne lui posait de questions, jamais il ne l'appelait au tableau. Quand on distribuait le livre, *Matins d'Afrique*, Félicien bredouillait : « Il n'y a pas assez de livres pour tout le monde, je ne peux tout de même pas en donner un pour toi tout seul. » Et Cyprien écoutait la lecture que faisait le maître, puis celles, ânonnantes, des élèves sans jamais pouvoir jeter un œil sur une page.

Pourtant nous nous sommes vite rendu compte que Cyprien n'était pas un Mutwa comme les autres. Il ne correspondait en rien au portrait que Félicien nous avait dressé des Batwa d'après un livre qu'il avait lu, il y a bien longtemps, à Zaza, à l'école de formation des moniteurs. « Les Batwa, expliquait-il sentencieusement, les Blancs les appellent des Pygmées, ce sont les plus petits des hommes, autrefois, ils vivaient dans la grande forêt qui couvrait le Rwanda. Ils habitaient dans les arbres. Ils n'en descendaient que pour chasser ou pour piller les récoltes des cultivateurs ou razzier les troupeaux des éleveurs. » Félicien devait bien admettre que les Batwa du Rwanda, ou les Pygmées comme disaient les Européens, étaient depuis longtemps descendus de leurs arbres et que, même si certains sur les pentes des volcans pratiquaient encore la chasse, tous ceux que l'on connaissait ici étaient potiers et, ajoutait-il comme à regret, « en réfléchissant bien on ne peut quand même pas se passer de leurs pots, dans quoi mettrait-on la bière ? ». Donc, concluait Félicien, dans un élan de mansuétude, il faut bien les supporter près de chez soi, mais il n'est pas question de partager quoi que ce soit avec eux ni même de les toucher car on ne peut être tout à fait sûr qu'ils soient vraiment des humains.

Cyprien, pourtant, ne ressemblait pas à ce que racontait Félicien ni d'ailleurs aux Batwa que l'on voyait au marché derrière leurs cruches et leurs marmites. Bien sûr, il n'était pas plus grand que le plus grand de la classe mais il n'était pas non plus plus petit que le plus petit. Et ce qui nous étonnait surtout, c'était son teint clair. Il nous semblait qu'un Mutwa qui vivait auprès de la grande fournaise où cuisaient les pots devait être plus noir que le diable des images du caté- chisme. « On dirait un Muzungu, un Blanc », déclara Joséphine qui exagérait toujours. On remarqua aussi que son uniforme était toujours d'une propreté impeccable, d'une propreté à faire honte à beaucoup d'entre nous. « Ça ne durera pas, se rassura Emerita, comment un Mutwa qui traîne toujours dans les cendres et dans la boue pourrait-il conserver ses vêtements propres ? » La prophétie d'Emerita ne se réalisa jamais. Celles qui étaient assez hardies pour s'ap- procher un peu de Cyprien constatèrent que son uniforme ne révélait jamais le moindre soupçon d'une tache.

Décidément, Cyprien n'était pas comme les autres Batwa et s'il y avait des nobles parmi eux, ce qui nous semblait très improbable, la famille de Cyprien en faisait certainement partie. On connaissait bien la maison où il habitait : ce n'était pas l'habituelle hutte rudimentaire et dépenaillée des Batwa, c'était une maison en brique, avec un toit de tuiles, pas bien grande sans doute, mais quand même une vraie maison d'évolué. On savait que son père avait un pré- nom chrétien, Jean-Baptiste, qu'il était considéré comme le chef des Batwa, si les Batwa pouvaient avoir des chefs, ou du moins comme leur porte- parole auprès du bourgmestre ou des mission-

naires. Un Mutwa évolué et baptisé, c'était un
mystère qu'on avait renoncé à éclaircir, sans
doute une anomalie comme il en existe parfois
dans la nature. Certains prétendaient même,
mais on avait peine à les croire, que Jean-Baptiste,
avant l'arrivée des Tutsi déplacés, avait été infirmier au dispensaire de Nyamata. On avait sans
doute inventé cette histoire parce qu'il faisait
le guérisseur, qu'il soignait les gens du pays, les
Bagesera et même quelques Tutsi, surtout des
femmes qui venaient le consulter en cachette.

Cyprien semblait indifférent à toutes les dis-
criminations dont il était l'objet. On lui avait
sans doute appris qu'au-delà de son village le
monde pour les Batwa n'était qu'humiliation
et mépris. Pendant la classe, il fixait le maître
avec une attention si intense qu'elle lui faisait
plisser le front et froncer les sourcils ; dans la
cour, il jonglait seul avec sa petite balle en mar-
monnant à voix basse, tel le prêtre à la messe,
les nouveaux mots français que nous avions à
apprendre.

Mais avec Cyprien, nous n'étions pas au bout
de nos surprises. Quand Félicien posait une question, tous les élèves, unanimes, levaient la main
droite et claquaient des doigts en un assourdis-
sant bruit de crécelle. Chacun implorait : « *Gewe,
gewe, muhalimu !* Moi, moi, maître ! » La plupart

ignoraient certainement la bonne réponse mais il semblait impertinent ou au moins imprudent de ne pas manifester son ardeur à répondre au maître. Un jour, je crois me souvenir que c'était peu avant le battement de tambours de la sortie, Félicien, exaspéré de ne pas avoir obtenu la réponse attendue, se lança dans une de ses diatribes habituelles : « Vos têtes ne seront toujours que des bidons percés et tout le savoir que j'y verse à longueur de leçons fuit aussitôt par les trous de vos crânes. » Et dans un accès de colère qu'il ne pouvait contenir, il ajouta : « Et peut-être que, pour votre honte, Cyprien, lui, serait capable de répondre. » Toute la classe se retourna vers Cyprien que désignait la baguette de Félicien. Nous nous apprêtions à éclater de rire quand Cyprien se leva calmement et donna la réponse tant espérée. Il y eut dans toute la classe un grand silence. La baguette de Félicien resta longtemps pointée immobile en direction de Cyprien puis le maître finit par balbutier : « Bien, Cyprien, c'est très bien, tu as bien répondu… »

Désormais Cyprien ne fut plus tout à fait mis à l'écart des leçons de Félicien. Quand la classe se révélait incapable de donner une réponse correcte, Cyprien était interrogé en dernier recours et il ne faisait de doute pour personne que c'était lui qui donnerait enfin la bonne réponse.

Le mystère de Cyprien suscitait bien des interrogations, surtout chez nous, les filles, toujours plus curieuses que les garçons. Quelques-unes, et j'avoue que j'en faisais partie, étaient bien décidées à lui adresser la parole et à le faire parler. Notre intérêt pour lui n'était pas très éloigné d'une certaine sympathie et son sourire perpétuel et discret semblait nous lancer une timide invitation, mais nous voulions surtout savoir comment un Mutwa avait pu être baptisé et admis à l'école, comment son père, si la rumeur disait vrai, avait pu se retrouver infirmier au dispensaire de Nyamata. Il était difficile de lui parler pendant les récréations sans déclencher un épouvantable scandale d'abord auprès de nos camarades puis auprès des maîtres et pour finir auprès de nos parents. Aussi Emerita, Speciosa et moi avions choisi de le suivre sur le chemin du retour de l'école. Le village des Batwa, une dizaine de petites huttes que dominait la maison en brique de Cyprien, se situait à l'écart de la rangée de cases identiques des déplacés tutsi. On ne rencontrait personne sur le sentier qui y menait. C'était l'endroit propice pour aborder Cyprien. L'approche ne fut pas facile : nous nous sommes d'abord contentées de le saluer, puis nous nous sommes aventurées à lui demander de l'aide pour un devoir qu'avait donné Félicien. Cyprien, après avoir essayé de nous fuir, avait fini par nous écouter sans rien nous répondre, il essayait sans doute de comprendre ce que signifiaient, ce que cachaient nos avances insolites : il se demandait sûrement quel piège nous cherchions à lui tendre pour le ridiculiser ou peut-être le faire renvoyer de l'école. Nous avons mis longtemps à obtenir sa confiance mais nous étions des filles obstinées et rien ne pouvait nous arrêter quand nous étions décidées à obtenir quelque chose. Peu à peu, nos échanges se rapprochèrent d'une conversation et, pour briser définitivement sa carapace de méfiance, Emerita qui n'avait peur de rien tenta un grand coup : elle avait subtilisé l'un des précieux volumes des *Matins d'Afrique* et le donna à Cyprien : « Tiens, lui dit-elle en lui tendant le livre, c'est pour toi, pour ce soir et toute la nuit si tu veux. Mais redonne-le-moi sans faute demain matin, il faut que je le remette à sa place sans que Félicien s'en aperçoive. » Cyprien prit le livre comme stupéfait, ébloui par la page qu'il découvrait et qu'il se mit à lire à haute voix. Il possédait pour lui seul, ne serait-ce qu'une nuit, le livre que Félicien lui avait toujours refusé.

Grâce à *Matins d'Afrique,* nous avions fait la conquête de Cyprien et, de notre côté, notre audace à briser les tabous ne connaissait pas de

bornes. Nous n'hésitions plus à partager avec
lui, un Mutwa ! les maigres portions de haricots
ou de patates douces que contenaient nos petits
paniers. Pour cela, quand nous pouvions le faire
sans attirer l'attention, nous franchissions par
une brèche le mur qui séparait la cour de l'école
du verger de la mission et nous nous installions
sous les papayers et les avocatiers pour un pique-
nique interdit.

C'était à présent lui qui parlait le premier
et il parlait, il parlait... comme si tant de mots
jusque-là retenus se bousculaient pour s'énoncer
au grand jour. Il semblait s'étonner parfois du
flot de paroles qui sortait de sa bouche et son
regard, redevenu un instant inquiet, implorait le
pardon d'une telle incontinence. Nous, bien sûr,
nous l'encouragions à continuer car il parlait,
comme nous l'avions souhaité, de lui-même, de
son père, de ses ancêtres. Nous tenions de sa
bouche même la véridique histoire de Cyprien
le Mutwa.

L'histoire de Cyprien commençait, il y a bien
longtemps, à la cour du mwami, à Nyanza. Il y
avait toujours eu des Batwa à la cour des rois.
Les uns occupaient d'humbles fonctions comme
celle de porteur de la litière du roi ou des reines
et des princes. D'autres étaient bourreaux, ils
exécutaient, avec la cruauté nécessaire, les sen-

tences du mwami qui avait droit de vie et de mort
sur tous ses sujets. On les craignait par-dessus
tout car ils montraient beaucoup d'ingéniosité
en matière de supplices et leur connaissance
approfondie des poisons pouvait provoquer des
morts plus discrètes. Mais ceux qui occupaient
un rang élevé et envié, c'étaient les danseurs.
Les intore, ces jeunes gens de bonne famille
qui faisaient leur service à la Cour, n'avaient
pas d'autres maîtres à danser et le maître des
maîtres, affirmait avec fierté Cyprien, c'était son
grand-père. Il était l'un des favoris du mwami.
Le père de Cyprien était né à la Cour. À l'âge de
quatre ans, il était devenu le compagnon de jeu
d'un des fils du roi qui avait quelques années de
plus que lui. Compagnon de jeu... mieux vau-
drait dire le jouet du prince, le petit bouffon qui
l'amusait de ses facéties naïves et qu'il tourmen-
tait de ses caprices. Il lui était attaché comme le
petit Européen à sa peluche.

Quand le prince dut, comme le voulaient les
Blancs, aller à l'école des fils de chefs de Nyanza,
il voulut emmener avec lui son jouet favori. Ce
n'était évidemment pas possible. Le petit Mutwa
restait donc à la porte de la classe et écoutait la
leçon de l'instituteur avec sans doute plus d'attention que son maître qui ne comprenait pas
bien à quoi pourraient lui servir ces histoires de
Blancs, lui qui possédait déjà tant de vaches et

était destiné, de par sa naissance, à gouverner de grandes provinces. Pour amuser ses compagnons, il demandait à son bouffon d'imiter les leçons que donnait le Belge responsable de l'école. Toute la petite cour qui entourait déjà le prince éclatait de rire et le Mutwa était récompensé d'un cruchon de bière.

Sebukono, Celui-des-pots – c'était le nom que lui avait donné son père, le danseur, peut-être pour lui rappeler la condition première d'un Mutwa –, devait avoir dix ans quand prit fin son rôle d'amuse-prince. Peut-être le fils du mwami devenu adolescent s'était-il lassé de son jouet qui, de son côté, avait eu le tort de grandir ou peut-être, selon une autre version donnée par Cyprien, était-il mort de la méningite qui, à cette époque, faisait des ravages, même parmi les enfants du roi. Sebukono, malgré les coups de bâton de son père qui voulait enfin lui apprendre à danser, n'en continua pas moins, dès qu'il le pouvait, à venir s'asseoir devant la porte de la classe. Cela finit par attirer l'attention de l'instituteur belge qui, un jour, ayant attrapé le petit Mutwa avant qu'il ne réussisse à s'enfuir comme il le faisait habituellement, lui demanda en mauvais swahili pourquoi il restait assis devant sa classe et eut la stupéfaction d'entendre Sebukono lui répondre en bon français et se mettre à répéter très exactement la leçon qu'il venait de donner à ses élèves. L'ardeur naïve du petit Mutwa à s'instruire toucha l'instituteur. Comme il ne pouvait décemment l'introduire dans sa classe, il le confia aux Pères de Kabgayi, la résidence du vicaire apostolique, qui complétèrent son instruction en lui apprenant à lire et à écrire. Ils le baptisèrent et, s'imaginant sans doute que, grâce à ce Mutwa prodige, ils n'allaient pas tarder à convertir tous les autres, ils lui donnèrent le nom de Jean-Baptiste, le précurseur.

Cyprien ignorait comment son père était devenu infirmier mais, sans doute parce qu'on n'avait pas oublié qui il était, on l'envoya bien loin, au Bugesera, en disant qu'il n'y avait qu'un Mutwa pour faire peur à la mouche tsé-tsé. La maladie du sommeil ne voulut pas de lui et ses collègues du dispensaire non plus. Alors il s'établit guérisseur et se mit à soigner les Bagesera non seulement avec les rudiments de médecine qu'on lui avait appris mais surtout avec les herbes, les racines, les champignons dont sa mère connaissait les vertus. Cependant, quand le cas lui paraissait trop grave, il n'hésitait pas à diriger le malade vers le dispensaire. Jean-Baptiste prit femme chez les Batwa de Nyamata. Il eut cinq filles et un garçon. Le garçon, bien sûr, c'était Cyprien, le cadet. Il voulut en faire un Mutwa « évolué », comme lui. Il emmena son fils chez le père Canoni : « Je m'appelle Jean-Baptiste, lui dit-il, tu vois bien que je suis un Mutwa et pourtant j'ai été baptisé : tu n'as qu'à lire mon certificat. Je veux que tu baptises mon fils unique, les filles, ce n'est pas la peine. » Le père Canoni ne pouvait pas refuser de baptiser l'enfant d'un Mutwa chrétien, il baptisa le fils de Jean-Baptiste et lui donna le nom de Cyprien.

Jean-Baptiste savait bien que son fils ne serait jamais admis à l'école, aussi entreprit-il de lui apprendre à lire et à écrire. Il reçut dans cette tâche le soutien actif du père Canoni qui fondait de grands espoirs sur cette famille de Batwa chrétiens, au moins en ce qui concernait les hommes. Le missionnaire établit donc le programme d'études pour Cyprien et contrôlait régulièrement ses progrès. Il l'encourageait et pour le récompenser lui apportait parfois un livre que Cyprien devait lire en un temps déterminé et lui résumer en français à sa prochaine visite. Cyprien avait hérité de la mémoire de son père et était capable de réciter sans hésiter des pages entières du livre qu'il avait lu.

Quand Cyprien eut douze ans, le père Canoni dit à Jean-Baptiste : « Ton fils est bien meilleur que tous ceux qui viennent au catéchisme. Si c'était possible, je le ferais entrer au petit séminaire et, peut-être, j'aurais la joie d'avoir donné à

Dieu et à l'Église leur premier prêtre mutwa… !
Mais pour cela, il faut qu'il ait l'examen national.
Un Mutwa au séminaire, c'est déjà un scandale
mais, en plus, s'il n'a pas l'examen national !
Les autorités jusqu'aux ministres pousseraient
des hauts cris ! Même Monseigneur n'y pourrait
rien. Alors voilà ce que je propose : Cyprien va
aller à l'école dans la classe de dernière année
pour passer l'examen national. Il est tout à fait
capable de réussir ; d'ailleurs, j'y veillerai. J'irai
le présenter moi-même aux moniteurs. Crois-tu
qu'ils ont quelque chose à me refuser ? »

Jean-Baptiste rejeta énergiquement la propo-
sition du père Canoni :

« Padre, tu veux envoyer mon fils en enfer. Tu
n'ignores pas que nous autres, les Batwa, on ne
nous traite pas comme des humains. D'abord,
les moniteurs ne voudront jamais d'un Mutwa à
l'école et, même s'ils acceptaient Cyprien, comment mon pauvre garçon pourrait-il supporter
ce qu'on lui ferait subir, et le maître et les élèves.
Non, mon père, Cyprien n'ira pas à l'école.

— Et toi, Cyprien, qu'en dis-tu ?

— Père, j'irai à l'école. »

Pendant toute l'année scolaire, Emerita, Speciosa et moi, nous avons été les seules à parler
avec Cyprien. Nous étions presque devenues ses
amies. Des amies aussi discrètes que possible, à
la fois honteuses et excitées de notre audace.

Emerita allait jusqu'à le trouver beau, et nous nous moquions d'elle : un Mutwa pouvait-il être beau ? Nous l'ignorions comme les autres dans la classe et la cour de l'école. Nous ne lui parlions que lors de nos déjeuners clandestins dans le verger de la mission et sur le sentier du village des Batwa, nous écartant de lui dès que nous y apercevions quelqu'un.

Le jour de l'examen national, Cyprien se présenta comme les autres. Alexis fit l'appel de ceux qui étaient autorisés à passer l'examen. On n'entendit pas le nom de Cyprien. Le père Canoni se précipita vers le moniteur et protesta violemment. Mais avec l'appui du bourgmestre qui veillait au bon déroulement de l'examen sur lequel les familles fondaient tant d'espérances, les trois moniteurs refusèrent catégoriquement à Cyprien l'entrée de la classe où se déroulaient les épreuves. Cyprien et son père repartirent sans dire un mot vers le village des Batwa, laissant le père Canoni à ses vaines négociations.

Je détournai le regard pour ne pas croiser celui de Cyprien que j'imaginais lourd de reproches et de désespoir ; je crois que Speciosa et surtout Emerita essuyèrent quelques larmes furtives…

Deux jours plus tard, on apprit que Jean-Baptiste et sa famille avaient abandonné la petite maison en brique. Le bruit courut qu'ils étaient partis en Tanzanie ou en Ouganda, on ne savait pas trop. On n'entendit plus parler de Cyprien, le Mutwa qui était allé à l'école.

*

J'ai reçu, il y a quelques jours, une lettre de mon frère. Il est médecin. Il venait de participer à Nairobi à un colloque sur le sida. On lui a présenté un confrère qui exerce dans la capitale du Kenya où il jouit d'une grande réputation. Il s'est présenté sous le nom de Cyprian Potter. Il était de taille moyenne, de teint clair, élégamment vêtu. Il a engagé la conversation en français. Mon frère a cru reconnaître dans ce spécialiste reconnu du sida le petit Mutwa de l'école de Nyamata. Il a glissé, pour le tester, quelques proverbes en kinyarwanda. L'éminent professeur a eu l'air surpris et a fait semblant de ne pas comprendre. Mais il s'est brusquement interrompu : « Veuillez m'excuser, on m'attend pour la conférence… »

Composition Nord Compo
Impression Novoprint
à Barcelone , le 02 mai 2016
Dépôt légal : mai 2016 2016

ISBN 978-2-07-046935-2./Imprimé en Espagne.